殺意の雨宿り

笹沢左保

祥伝社文庫

目次

一章　北の謀議

1

駅前広場にある『遠野《とおの》物語の碑《ひ》』と、カッパ淵《ぶち》のカッパ像を眺めた。遠野物語の碑には、柳田国男《やなぎたくにお》の『遠野物語』の序文の一部が刻まれている。『此話《このはなし》はすべて遠野の人佐々木鏡石《ささききょうせき》君より聞きたり』とある碑文を、奈良井律子《ならいりつこ》は繰り返し読み下した。

そのあと奈良井律子は、市街地を南西に抜けて、六日町《むいかまち》というところへ向かった。十五分ほど、歩かなければならなかった。だが、茶色のボストンバッグの中身は、大して多くない。

ほかには、バッグだけである。重くない荷物だし、歩くのに負担にはならなかった。それにタクシーを利用するほど、あちこちを見て回るつもりはない。

そもそも旅の目的地は、陸中《りくちゅう》海岸だったのだ。それも、用事があっての旅行ではなかった。観光旅行のうちにも、はいらないだろう。ひとり旅をふと思い立って、それを実行に移しただけのことなのであった。

いちおう行く先は陸中海岸と決めて、宮古《みやこ》の旅館に二泊の予約を申し込んだ。いわば、ひとり旅そのものが目的の旅行であった。気紛《きまぐ》れから出発している旅だから、途中も気紛れになるのは当然である。

東京の羽田《はねだ》から、岩手県の花巻《はなまき》空港へ飛ぶ予定でいたが、直前になってその便がないことを知った。仙台や新潟同様に、羽田・花巻の便もなくなったらしい。新幹線が、開通したからだろう。

やむなく奈良井律子も、新幹線で岩手県へ向かうことにした。万事がこの調子で、のんびりしているというか、行き当たりばったりの旅だった。

東北新幹線に乗り、新花巻で下車した。釜石《かまいし》線に、乗り換える。急行陸中三号は土沢《つちざわ》、宮守《みやもり》に停車する。次の停車駅が遠野と聞いたとき、奈良井律子は途中下車をしようかという気になっていた。

以前から奈良井律子は、遠野というところに一種の憧憬《しょうけい》を抱いていたのであった。歴史のメルヘンと、山里のロマンチシズムといったものを、勝手に感じ取っていたのだ。やはり『山奥には珍しき繁華の地なり』という遠野物語の影響だろう。

遠野という地名にも、魅力を感じていた。それなら何も、遠野を素通りすることはない。せっかくの機会だから、遠野に寄り道して行こう。急ぐ旅ではなしと、またしても気紛れだった。

遠野には、午後一時についた。

奈良井律子は、列車を降りた。次の急行は、午後六時十八分発である。それまでの約五時間を、遠野で過ごせると奈良井律子は計算した。

歴史の重みを伝えながら鄙《ひな》びていて、古き時代の余韻《よいん》を残す遠野に、都市という言葉はそぐわない。遠野市というより、遠野の町と呼びたかった。

七月初旬という季節もよく、北上《きたかみ》山地の早池峰山《はやちねさん》、六角牛山《ろっこうしさん》、石上山《いしがみさん》に囲まれた小盆地は、濃淡の緑に彩《いろど》られていた。その遠野三山も緑、紺色、紫がかった青と、色を変えて波打っている。

そうした山々を背景に遠野の町は、のどかで静かで、それでいてどことなくバタ臭いような、たたずまいを見せていた。やや雲が広がり始めていたが、空のコバルト・ブルーも色鮮やかであった。

奈良井律子は、昼食がまだだったことを思い出した。駅前に、蕎麦屋《そば》がある。遠野の名物で、『ひっつこ蕎麦』というらしい。その蕎麦屋へ、奈良井律子ははいった。

五、六人の先客が、奈良井律子に視線を集めた。白いスーツが、華やかな印象を与えたのかもしれない。奈良井律子はあわてて、サングラスをはずした。

二十代の半ばに見える女のひとり旅というのも、いまどき珍しかったのに違いない。それに男たちは、『おっ、いい女だ』と思ったとき特有の目つきでいた。

奈良井律子は、座敷に上がった。時間があるのだから、急いで食べることはない。旅先でひとり昼酒を嗜《たしな》むのも、悪い風情《ふぜい》ではなかった。

奈良井律子は、日本酒と天ぷらを注文した。日本酒二本と天ぷらを半分ほど平《たい》らげてから、奈良井律子はひっつこ蕎麦を食べた。蕎麦屋を出たときは、午後二時三十分を回っていた。

駅前広場の遠野物語の碑とカッパ像を見てから、徒歩で六日町へ向かった。六日町といっても、独立した町ではない。遠野がかつて栄えた時代、六の日に市《いち》が立ったことから、六日町と呼ばれるようになったという。

いまも古い家が建ち並び、城下町を偲《しの》ばせるような雰囲気だった。駅前を埋め尽くす無数の飲食店を振り返ると、ここに本物の遠野を見るような気がした。奈良井律子は、胸のうちが落ち着かされていくのを楽しみながら、六日町を西へ抜けた。

もう市街地には、ほど遠い景色になっていた。視界は、山々によって占められる。山麓《さんろく》を釜石線が走り、その手前を猿《さる》ヶ石《いし》川が流れている。あとは田園風景が、明るい日射しを浴びていた。

直射日光は強く、暑さを感じることにもなる。しかし、木陰にはいると、夏ではないみたいに涼しかった。湿度が、低いのだ。奈良井律子は飢《う》えているように、東京から消えたおいしい空気を、胸いっぱいに吸い込んでいた。

国道二八三号線に沿っても、人家は疎《まば》らになる。農家が、点在している。それが、動くことのない静寂《せいじやく》の景色になっていた。人影はまったくなく、車もあまり通らなかった。

国道は新旧が、二つの方向へ分かれる。旧道は直進し、新設の国道は右折して橋を渡り、猿ヶ石川の対岸へと遠ざかる。猿ヶ石川に架かった立派な橋には、『愛宕橋《あたご》』という名称が認められた。

その橋を見おろすところに、愛宕神社があるからだろう。愛宕神社の裏山に、有名な五《ご》百羅漢《ひやくらかん》があると、観光ガイド・ブックに書いてあった。

凶作続きで餓死した人々の供養《くよう》のために、江戸時代の天明《てんめい》二年に南部《なんぶ》家の菩提寺《ぼだいじ》、大慈寺《だいじじ》の義山和尚《ぎざんおしよう》が刻んだ五百羅漢と、ガイド・ブックに記されている。その五百羅漢に、奈良井律子は興味を持ったのだ。

天候が、気になった。

青空を狭《せば》めていた雲が、黒みを増してさらに広がっている。いつの間にか、日が翳《かげ》っていた。鳥の声が忙《せわ》しくなっているのも、雨になることを予告しているようであった。傘の用意はなかった。

しかし、いまさら戻るというのも、業腹《ごうはら》だった。引き返したところで、途中で雨に降られれば同じではないか。雨宿りする場所ぐらいどこかにあるだろうと、旧道からの坂道を奈良井律子はのぼり始めた。気紛れの末の開き直りである。

未舗装の山道を、十分ほどかかってのぼりつめると、小屋が見えた。そのころから、雨が降り出した。奈良井律子は小走りに、青い屋根の建物に近づいた。

外壁がクリーム色で、緑の枠の窓がひとつだけ取り付けてある。プレハブ小屋だった。広さは三畳ぐらい、床がコンクリート敷きになっている。

何ひとつなく、腰掛けのようなものも置いてなかった。どうしてこのようなプレハブ小屋が建っているのかと、首をかしげたくなる。

それと並んで小さな祠《ほこら》があるのが、奈良井律子の目に触れた。何か、不思議な気がした。だが、この使用目的が不明の小屋にはいることが、未来の運命に影響を及ぼすとまでは、奈良井律子も予測できなかった。

雨がかなり、激しい降りになった。

奈良井律子は迷わず、プレハブ小屋の中へ駆け込んだ。とたんに驚いて、奈良井律子は立ちすくんだ。誰もいないものと決めてかかっていたのに、小屋の隅《すみ》に人影があったのだ。

それが男であれば、再び雨の中へ出ようとしたかもしれない。しかし、小屋の隅にいるのは、四十前後に見える女だった。ピンク系統のスーツも、衿幅《えりはば》の広い白いブラウスも恐ろしく派手であり、厚化粧の顔が華やかであった。

雨宿りの先客とあらば、仕方がなかった。女なのだから、怖がることもない。奈良井律子は、先客と反対側の壁に背を近づけて立った。

目が、合った。

厚化粧の女のほうが、先に目礼《もくれい》を送って来た。奈良井律子は、会釈《えしやく》を返した。少しのあいだ雨雲を眺めやってから、奈良井律子はさりげなく厚化粧の女を観察した。

厚化粧の女も、ボストンバッグをひとつだけ足元に置いている。手にしたバッグは、エルメスの最高級品だった。クロコのケリーバッグである。

左手にはダイヤの一文字《いちもんじ》の結婚指輪と、みごとに大粒のスタールビーの指輪が輝いている。右手にはめたファッション・リングも、ずいぶんと高級品であった。

ピアジェの腕時計は、一千万円以上するだろう。イヤリングとネックレスの宝石は、ともに本物のエメラルドだった。身につけているものの総額は、一億円を超えるに違いない。

成金《なりきん》であることを、みずから強調しているようであった。それにしても、大した成金である。そうした厚化粧の女がひとりで、このようなところにいることこそ、奇異な感じといえるだろう。

「どちらから……?」

厚化粧の女が、不意に声をかけて来た。

「東京です」

何となくドギマギして、奈良井律子は答えた。

「わたくしも、東京からなんですのよ」

厚化粧の女は、それが当然だろうという言い方をした。

「東京は、どちらにお住まいですか」

何か質問しなければいけないという気持ちから、奈良井律子はどうでもいいことを訊《き》いた。

「自宅は、田園調布《でんえんちょうふ》にありますの」

厚化粧の女は、誇らしげに目を輝かせた。

「わあ、素敵なところにお住まいなんですね」

自然にお世辞っぽい言葉が出るのは、商売をしている奈良井律子の習性のようなものだった。

「あなたは……？」

厚化粧の女は、奈良井律子に好感を覚えたようであった。

「住んでいるところですか」

「ええ」

「青葉台《あおばだい》です」

「青葉台って……」

「目黒《めぐろ》区の玉川《たまがわ》通りに近いところの、青葉台です」

「ああ、旧山手《やまて》通りと目黒川のあいだの青葉台ですわね」

「ええ」

「ご家族と、ご一緒ですか」

「いいえ、マンションにひとり住まいなんです」

「じゃあ、ご職業をお持ちなんでしょ」

「ええ、フラワーショップを……」

「お花屋さんですか」

「東京プリンセス・ホテルの地下に、お店を持っております」

「あら、ほんとに世間って狭いのね。うちの主人はパーティーに出席するんで、よく東京プリンセス・ホテルへ出かけて行きますのよ」

「そうなんですか」

「わたくしも、東京プリンセス・ホテルの地下のお花屋さんの前だったら、何度も通ったことがありますわ」

「〝アップリケ〟というフラワーショップなんですけど……」

「そうそう、アップリケでした。お花を買ったことはなくて、ただ前を通るだけなんですの」

「いちおう、そのアップリケの経営者なんです」

「だったら、大したもんだわ。まだ、お若いのに……」

「若くなんてありません」

「でもまだ二十五か、六におなりってところなんでしょ」

「いいえ、そんなように見られるんですけど、実はもう九なんです」

「二十九……?」

「ええ」

「まだ、お若いじゃないですか。わたくしみたいに、お婆ちゃんになってしまったら、もう女は終わりですもの」

「そんなお年には、見えませんわ。奥さまだって、まだお若いんでしょ」

「いいえ、年貢《ねんぐ》の納めどきっていうのかしら。今年で、大台に乗りましたから……」

「どう見たって、奥さま三十代だわ」

「ありがとうございます」

厚化粧の女は、嬉《うれ》しそうに笑った。

「お世辞なんかじゃなくて、おきれいですもの」

これも一種の習慣で、奈良井律子は真剣になって讃辞《さんじ》を呈した。

「そうおっしゃってくださるあなたには、感謝したくなりますわ。四十歳は女盛《ざか》りだなんて言われても、空々《そらぞら》しく感じられるだけですけど……。これも何かの縁ということで、是《ぜ》非《ひ》ともあなたのお名前を、伺《うかが》わせていただきます」

厚化粧の女は、頭を下げていた。

「奈良井です、律子です。奈良に井戸の井、戒律の律と書きます。奈良井律子と、申します」

店の客と接する商売人としても、厚化粧の女を警戒する必要のない人物と、奈良井律子は判断していた。

「わたくし、中林《なかばやし》です。名前は、千の都と書いて、千都《ちづ》ですわ。中林千都と申します、どうぞよろしくお願いいたします」

中林千都と名乗った厚化粧の女は、にこやかな顔でいた。

「こちらこそ、よろしくどうぞ」

奈良井律子は、丁寧《ていねい》に一礼した。

不思議なことがあるものだと、奈良井律子は地面を叩《たた》く雨足に視線を移した。東京から二人の女が岩手県の遠野へ来て、愛宕神社の裏山の小屋で一緒に雨宿りをすることになる。

言葉を交《か》わしてみると、東京にいてもまんざら、縁がなくはなかったということがわかる。いつしか打ち解けて、互いに名乗り合ったりする。このように微妙な偶然と、人間の結びつきというものに、奈良井律子は宿命じみたことの神秘性を感じるのであった。

奈良井律子が見つめていた地面に、ヒールをはいた女の足が出現した。おやっと思った奈良井律子の視界に、若い女の姿がクローズアップされた。若い女は真《ま》っ直《す》ぐに、小屋の中へ飛び込んで来た。

「すみません」

そう言った若い女は、奈良井律子や中林千都よりもはるかに雨に濡《ぬ》れていた。

2

奈良井律子と中林千都は、雨宿りが早かった。それでほとんど、濡れずにすんだのである。頭に落ちた雨はもう乾いていたし、いまは肩のあたりに多少の湿り気が残っている程度だった。

しかし、三人目の若い女となると、そうはいかなかった。モスグリーンのワンピースの肩、背中の一部、スカートの裾《すそ》の部分が、水を吸って黒くなっていた。

顔も、濡れている。髪の毛には夕立《ゆうだち》のあとのクモの巣のように、無数の水滴が引っかかって光っていた。靴には、泥がついている。若い女は、バッグを手にしているだけであった。

そのバッグから、ハンカチを取り出した。若い女はまず、ハンカチでバッグをふいた。

それからハンカチを、濡れた肩に押し当てた。たちまちハンカチが、水に浸《ひた》したようになる。

そんなものでは、とても間に合わなかった。奈良井律子も、知らん顔はしていられなかった。律子は使ってないハンカチを、若い女の前に差し出した。

「恐れ入ります」

戸惑ったように頭を下げて、若い女は律子のハンカチを受け取った。

中林千都もボストンバッグの中から、二枚のタオルを摑《つか》み出した。タオルは二枚とも、透明の袋に入れてあった。旅館でサービスに出す手拭《てぬぐい》で、未使用のタオルということになる。

「これを、お使いなさい」

中林千都は、ビニールの袋を破った。

「申し訳ありません」

若い女は破れた袋から、薄手のタオルを抜き取った。

そのとき、女の悲鳴に近い声が聞こえた。女がもうひとり、雨の中を走ってくる。頭から麻地のブレザーをかぶり、両手にスーツ・ケースとバッグを持っている。

女はキャーキャー騒ぎ立てながら、泳ぐようにして小屋の中へはいり込んで来た。躓《つまず》きでもしたのか、女はよろけてスーツ・ケースを投げ出した。

律子と若い女が、あわてて飛びのいた。四人目の女は、かぶっていた麻地のブレザーを取り除いた。三十五、六の女であった。左の目尻《めじり》にあるホクロ、大きな泣きボクロが真っ先に目についた。

鮮やかなブルーのブラウスも、黒のスカートも大して濡れてはいなかった。雨が降り出してすぐに、着ていたブレザーを脱ぎ、頭からかぶったからだろう。

腰まで垂《た》れている黒髪が乱れていたが、それも何度か揺すっただけで簡単に整った。ぽちゃぽちゃっとした可愛《かわい》い顔で、どこか三枚目風に明るい表情でいた。陽気な性格の女、という印象を受ける。

左手の薬指に、結婚指輪だけをはめている。人妻には違いないが、専業主婦ではないだろう。職業についている女のテキパキとした行動性と、知的な積極性を感じさせる。

「これを、どうぞ……」

中林千都が、余ったもう一枚のタオルを、明るい人妻の手に押しつけた。

「どうも、恐れ入ります」
三十五、六の人妻は、さっさとビニールの袋の中から、タオル地の手拭を引っ張り出した。

「あら、さっきお見かけしましたわ」
二十三、四の若い女が、人妻に目をやってニヤリとした。
「そうですか」

人妻のほうも、屈託《くったく》なく笑った。

「愛宕神社の裏に小さな畑があって、その近くの屋根と柱だけの掘立《ほったて》小屋で、雨宿りをしてらっしゃったでしょ」

若い女は言った。

「それがね、破れ傘みたいに大きな穴ばかり屋根にあいていて、とても雨宿りにならなかったのよ。それでついに我慢できなくなって、掘立小屋から飛び出してこっちへ走って来たら、ここの建物が目にはいったってことなんです。このブレザーを初めかぶらなかったら、いまごろ下着までズブ濡れだったでしょうね」

人妻はタオルで、ブレザーを挟みつけるようにした。

「間もなく、やむでしょうけど……」

西のほうに、チラッと覗《のぞ》いている青空へ、若い女は目を走らせた。

「あなたは、どこにいらしたんですか」

若い女に、人妻が訊いた。

「すぐそこの大きな木の下にいたんですけど、やっぱり雨宿りにならないんで逃げ出して来ました。道路に停めてある車のところまで行くより、ここのほうがずっと近かったもんで……」

若い女は腰を屈《かが》めて、奈良井律子にハンカチを返した。

「あなた、車がおありなの」

「はい、盛岡《もりおか》でレンタカーを借りたんです」

「盛岡から、いらしたのね」

「いいえ、福岡です」

「九州の福岡ですか」

「はい。福岡から陸中海岸へ、旅行に来ました」

「ひとりだけの旅行かしら」

「女ばかり五人のグループで来たんですけど、盛岡で喧嘩《けんか》別れになっちゃったんです。北海道まで行こうという二人と、反対する二人が衝突して……」

「あなたは、どっちの一派に属したんですか」

「わたしは、中立でした。それで北海道組の二人は一昨日《おととい》、列車で函館《はこだて》へ向かいました。反対した二人も、同じ日に福岡へ帰りました」

「あなただけ、盛岡に残ったということなのね」

「はい。一昨日の午後から、わたしひとりになりました。どっちの味方もしたくないので、そのほうがいいだろうと思ったんです」

「賢明だわ」

「そういうことで今朝レンタカーを借りて、ドライブがてら遠野まで来たんです」

「福岡へは、いつお帰りですか」

「まだ、決めていません」

「結構なご身分ですこと」

「でも、お勤めしているんですよ」

「一般企業、普通の会社ってことでしょうね」

「平凡なOLです」

「大企業じゃないと、自由に何日も休暇を取るってことは、とてもできませんからね」

「西日本製鉄の福岡本社が、勤務先ですけど……」

「やっぱり業界大手の大企業、だったら鷹揚《おうよう》でしょうね。まして本社の女子社員となれば、好きなだけ休暇を取っても厳しいことは言いません。西日本製鉄には、そのくらいの余裕があって当然なんです」

「そうなんでしょうか」

「わたしなんて有給休暇を取ったのは、三年ぶりのことですものね」

「どういうご職業かしら」

「教師です」

「学校の先生なんですか」

「ガラにもなくって、おっしゃりたいんでしょう」

「いいえ、とても個性的な先生っていう感じです」

「名古屋の中学校で、社会科を受け持っています。極楽《ごくらく》トンボと、言われている教師ですものね。ついでに年は三十五歳、名前は倉持《くらもち》ミユキと申します」

「名古屋から、いらしたんですか」

「むかしから、遠野と平泉《ひらいずみ》に憧《あこが》れていましたんでね。やっとのことで取れた貴重な休暇を利用して、名古屋から岩手県へと飛んで来たんです」

「じゃあ、遠野にお泊まりだったんですね」

「二泊しましたわ。ですから鍋倉《なべくら》城跡、市立博物館、八幡神社、常堅寺《じょうけんじ》とカッパ淵、北《きた》川《がわ》家、菊池《きくち》家、千葉《ちば》家、六日町、早池峰登山古道跡と残らず見て回って、最後に愛宕神社と五百羅漢という予定だったんです。そうしたら、愛宕神社をあとにしたところで、雨に降り込められちゃって……」

「でしたら今日これから、平泉へ向かわれるんですか」

「そのつもりでいたんですけど、時間的にちょっと無理みたい。鈍行《どんこう》列車で花巻まで出て、今夜は花巻あたりに泊まるしかなさそうだわ」

「わたし、森下《もりした》芙貴子《ふきこ》と言います」

「フキコさんって、どういう字を書くんです」

「芙は草冠《くさかんむり》に夫、貴は貴《とうと》い、それに子どもの子です」

「わかったわ、いいお名前ね。もちろん、まだ独身でしょ」

「ええ」

「おいくつなの」

「二十四です」

「恋人は……?」

「います」

「結婚を前提とした恋人ね」

「ええ。来年の四月に、結婚の予定です」

「だったら、いつまでもひとり旅なんてしていないで、さっさと福岡へお帰りなさいな。

そうでなければ、恋人をこっちへ呼ぶとかすればいいじゃないの」

「彼、とても忙しいので、急にこっちへはこられません。それに、ちょっとおもしろくないことがあったんで、もう二、三日はひとりでいようと思っているんです」

「わがままができて、いいわねえ。やっぱり、結構なご身分だわ」

倉持ミユキという名古屋の女教師は、いちおうブレザーの表面の水分を、タオルに移し終えたようだった。

「そんなんじゃないんですけど……」

森下芙貴子と名乗った福岡の若い女は、不満そうに頬《ほお》をふくらませた。

倉持ミユキという女教師は、あくまで屈託がないうえに人懐《ひとなつ》こかった。陽気な三枚目で、はっきりとものを言う。一方の森下芙貴子も、若いだけにもの怖《お》じしなかった。最近の若い女らしく、ちょっとしたキッカケから馴《な》れ馴れしく振る舞えるのだ。

そういうことで双方ともに、打ち解けるのに時間を要しない。二人はたちまちどこから来て、旅先で何があったかを、話し合える仲になっていた。

名前、年齢、職業を明かすのも、極《きわ》めて自然であった。しかも、ほかに奈良井律子と中林千都がいるということに、まるで拘《こだわ》りを持っていない。

奈良井律子や中林千都も当然、知り合いみたいなものだと思っているのかもしれない。

すでに奈良井律子と中林千都に対しても、女同士がひとつ場所で雨宿りをしているのだから、という仲間意識が働いているのに違いなかった。

森下芙貴子は、二十四歳という年齢相応に見えた。自分でも平凡なＯＬだという言い方をしたが、なるほどいかにもそうした感じである。

容貌《ようぼう》は十人並みで、化粧っ気がなかった。髪も無造作に、ポニーテールに束ねている。森下芙貴子の特徴となると、三つしかなかった。均整のとれた肢体《したい》が肉感的であること、色が白いこと、それに清潔感が際立っていることの三つであった。

「ありがとうございました」

「どうも、すみません」

倉持ミユキと森下芙貴子がそろって、タオルを持った手を中林千都のほうへ伸ばした。

中林千都は一瞬、迷惑そうな顔をした。無理もなかった。そんなものをいまさら、返してもらっても仕方がないのだ。どうせ旅館のサービス品なのだし、他人が使った安物の手拭など、返されるほうが困るのである。

「結構ですわ。そちらで適当に、処分してください」

中林千都は、苦笑した。

「じゃあ、いただいておきます」

森下芙貴子は畳んだタオルを、なおもモスグリーンのワンピースの肩にあてがった。

「花巻に、お泊まりだったんですか」

タオルを広げて、倉持ミユキが言った。

タオル地の手拭には、『花巻温泉・北都《ほくと》観光ホテル』という文字があった。

「はあ、花巻温泉に二泊しましたのよ」

中林千都は、気取った顔つきになっていた。

「わたしも今夜、花巻に泊まることになるだろうからって、ホテルや旅館を調べたんですけど、確かこの北都観光ホテルの特別室というのが、最高のお値段でしたわね」

倉持ミユキは、タオルの文字を見つめた。

「そのローヤル・スィートに、二泊しましたの」

中林千都は、細長い外国タバコを取り出した。

「奥さま、おひとりでですか」

妙に感心したような目を、倉持ミユキは中林千都へ移した。

「わたくし、牧場を買うための商談で、岩手県へ参りましたの」

「牧場を、お買いになるんですか」

「はあ。実はそれも主人には内緒でっていうことでしたもんで、わたくしひとりで商談に臨むしかございませんでしょ」

「奥さま、大金持ちでいらっしゃるんですね」

「そんなこと、ございませんわ」

「それで奥さまもついでに、遠野にお寄りになったんですか」

「そうなんですの。でも普通でしたら、いまごろは東京へ向かう車の中にいるはずなんです。今日の午後一時に遠野駅前へ、東京からの迎えの車がくる手筈《てはず》になっておりましたんでね。ところが念のために東京の自宅へ電話を入れましたら、うちの運転手はまったく駄目な運転手でして、東北自動車道の宇都宮《うつのみや》の手前で事故を起こしたとかで……」

「まあ」

「だったら、ほかの方法で東京へ帰るってことになりますし、時間の余裕もできたからって、ここの五百羅漢を見に行こうと思い立ったんですの」

「そうなんですか」

何となく圧倒されたように、倉持ミユキはうなずきを何度か繰り返した。

「こちらさまとはもう自己紹介をすませておりますけど、わたくし中林千都と申します。こちらさまも、東京からいらした奈良井律子さんです」

中林千都は横目で奈良井律子を見やりながら、倉持ミユキと森下芙貴子に微笑《ほほえ》みかけた。

「奈良井です」

奈良井律子は、一礼した。

「倉持でございます」

「森下です、どうぞよろしく……」

倉持ミユキと森下芙貴子が、奈良井律子と中林千都のどちらへともなく頭を下げた。

これで四人の挨拶《あいさつ》が、終わったということになる。ひとつところで雨宿りをしたという縁によって、四人の女は知り合いになったわけだった。

雨がやみ、プレハブ小屋を出たからといって、四人がすぐさまバラバラに散ることはないだろう。偶然に接点を持った四人とはいえ、共通するところがいくつかあるからであった。

それがまた不思議でならないと、奈良井律子はしばしぼんやりとしていた。

3

四人にはまず、四人とも女だという共通点がある。次にここまでに至る経緯はともかくとして、現在の四人はそろってひとり旅ということになる。

第三に比較的自由な立場にあって、急いで帰らなければならない状況にはないという点でも、四人は変わっていなかった。したがって、今日明日と岩手県にいることに差し支《つか》えはない、という点も共通しているのであった。

そして第五に、多分に気紛れな行動をとれるということでも、四人は一致している。そうした四人の女がいま、遠野の五百羅漢の近くにおいて、ひとつのグループを形成したことになるのだった。

そう考えると、人間の運命や縁の不可思議に加えて、滑稽味《こっけいみ》さえ奈良井律子には感じられる。

中林千都　四十歳　東京から来た金持ち夫人。
倉持ミユキ　三十五歳　名古屋から来た中学校の社会科の教師。
森下芙貴子　二十四歳　福岡から来た平凡なＯＬ。
奈良井律子　二十九歳　東京から来たフラワーショップの経営者。

この四人の女の組み合わせは、いかなる天の配剤か。いったいこれから四人の女は、どのようなかたちで別離のときを迎えるのか。同じプレハブ小屋で雨宿りをしたという些細《ささい》な縁が、今後の四人の運命にどう影響を及ぼすのか。

律子はそんなことにまで、興味を抱くようになっていたのだった。

中林千都は夫に秘密で、牧場を買い取る商談のために岩手県へやって来た。中林千都は、花巻温泉のホテルのローヤル・スイートに二泊した。その結果、商談はどうやらまとまったらしい。

大いに満足した中林千都は、ついでに遠野に寄ってみようという気を起こした。中林千都は東京の自宅に連絡して、運転手付きの自家用車を遠野まで迎えにこさせようと呼んだ。

自家用車は今日の午後一時に、遠野駅前に到着することになっていた。だが、念のために確認の電話を入れたところ、迎えの車は東北自動車道の宇都宮の手前で、事故を起こしたということがわかった。

それなら何も急いで帰ることはあるまいと、中林千都は遠野めぐりに引き続き時間を費やした。そして五百羅漢の近くまで来て雨に降られ、プレハブ小屋へ逃げ込むことになったのである。

森下芙貴子は女ばかり五人のグループで、福岡から陸中海岸へ観光旅行に来ていた。とところが、北海道まで足を延ばそうと言い出した二人と、それに反対する二人とが対立する結果となった。

喧嘩別れに等しく、盛岡でグループは分裂した。二人は北海道へ向かい、二人は福岡に帰っていったのだ。中立を守った森下芙貴子は、どちらにも与《くみ》せずということで盛岡に残った。

一昨日から森下芙貴子は、ひとり盛岡で過ごすことになった。多忙な恋人を呼ぶわけにもいかず、少しばかりおもしろくないこともあったので、森下芙貴子は憂《う》さ晴らしに旅を続けようという気持ちに誘われた。

それで今朝はレンタカーを借りて、盛岡をあとにした。ドライブを楽しみながら、遠野にも寄るという計画だったのだ。遠野についた森下芙貴子はあちこちを走り回ってから、愛宕神社付近の旧道にレンタカーを停めて五百羅漢を目ざした。

だが、途中で雨が降り出したので、森下芙貴子は大木の下に立つことになった。森下芙貴子だけが荷物をもっていないのは、レンタカーという車があるからだった。

また大木の下で雨宿りをしながら森下芙貴子は、下のほうの畑の際《きわ》にある屋根と柱だけの掘立小屋へ、倉持ミユキが逃げ込むのを見かけている。

雨は激しく、降り続いた。大木の下にいても、雨宿りの用はなさなかった。森下芙貴子は、五百羅漢の入口に小屋らしいものが建っているのに気づいた。

道路に停めてある車のところへ戻るより、小屋との距離のほうがはるかに近い。雨がやめば五百羅漢を訪れもすることだしと、森下芙貴子は大木の下を離れて、プレハブ小屋へ走ったのであった。

倉持ミユキは三年ぶりに、中学の教師から解放された。おそらく、五日ぐらいの休暇が取れたのだろう。その休暇を利用して、倉持ミユキはプライベートな旅行に出ることにした。

旅の目的地は長年、憧れていた遠野と平泉であった。倉持ミユキは名古屋から岩手県へ向かい、まず遠野に二泊することになった。倉持ミユキは、遠野の名所を隈《くま》なく見て歩き、あとは愛宕神社と五百羅漢を残すだけだった。

しかし、今日のうちに平泉まで行きつくのには、かなりの無理があることに気がついた。旅はゆっくりとしたいものだし、倉持ミユキはやたらに急がないことにした。

列車は各駅停車ばかりになってしまうが、それに乗って今夜中に花巻につけばいい。そのように思って、倉持ミユキは落ち着いた気分で愛宕神社を訪れた。

愛宕神社を見学したあと、その裏手の道を抜けて倉持ミユキは、五百羅漢へ向かおうとしたのであった。林に囲まれて、小さな谷間《たにあい》が畑になっていた。

そこまで来たとき、雨が降り出した。倉持ミユキは、脱いだ麻地のブレザーを頭からかぶった。畑の近くに、柱が屋根を支えているだけの掘立小屋があった。

倉持ミユキはいったん、その掘立小屋へ逃げ込んだ。しかし、雨が激しくなるに連れて、そこにもいられなくなった。壊れかけた掘立小屋で、穴があいたり破れたりの屋根が用をたさなかったのだ。

ほかに雨宿りの場所を、求めるしかなかった。下のほうへ引き返すのが、倉持ミユキには馬鹿らしく思えた。五百羅漢の方角に、何か雨宿りができる場所があるのではないか。そんな勘を頼りに、倉持ミユキは林の中を走ったのである。

間もなく倉持ミユキは、雨宿りの先客がいるプレハブ小屋を見つけたのだった。

このような過程を経て四人の女が、それぞれ見えない糸によって引き寄せられるように、五百羅漢の入口近くに建てられたプレハブ小屋に集まったのである。何やら運命的で、ドラマチックな四人の出会いのようにも、思えてくるのであった。

「奈良井さんもどうして、おひとりでここまでおいでになったんですか」

思い出したように、倉持ミユキが律子を振り返った。

「わたしはもともと、ひとり旅がしたくて出かけて来たんです」

律子は左手の指で、左の耳たぶにそっと触れた。

「まあ、贅沢《ぜいたく》な……」

倉持ミユキは本気で、うらやましがっているような表情を示した。

「贅沢ってことには、なりませんわ。一緒に旅行したい人間が、いないっていうことなんですもの」

律子は笑って、小さく首を振った。

「独身でいらっしゃるんでしょ」

倉持ミユキは、真顔《まがお》で訊いた。

「独身です。それに森下さんのように、恋人がいるってこともありません」

両腕を広げて、律子は肩をすくめた。

「まったくのフリーってわけで、自由を楽しんでいらっしゃる」

「さあ、どうでしょうか」

「ご職業も、自由業ってところかしら」

「とんでもございません。フラワーショップという零細企業の経営者ですから、忙しさと苦労ばかりとの付き合いです」

「あら、経営者っていうのは素敵だわ」

「従業員が四人ほどいてくれますんで、わたしもこうしてたまには骨休めができるってことだけです」

「ひとり旅は、どちらへ……？」

「やっぱり、陸中海岸が目的地なんです。宮古へ向かう途中で、ほんの気紛れから遠野で降りてしまったんです」

「でしたら途中下車で、遠野に寄られたんですのね」

「次の六時十八分発の急行に、乗りませんとね。それでも宮古につくのは、夜の九時ごろになってしまいますけど……」

「あんまり、のんびりしてはいられないみたい」

倉持ミユキは、時計に目を落とした。

「あと、二時間しかありません」

律子はたったいま、四時すぎという時間を確かめたのであった。

「何だか似たり寄ったりの女性たちが、ここに集まったっていう感じですね」

新しい発見をしたみたいに、森下芙貴子が目を見はった。

「ほんとに、不思議なご縁ですわ。だって、つい二十分ぐらい前までは、わたくしたち見も知らない者同士だったんでしょう」

中林千都が言った。

「それがいまはこうして、グループで遊びに来たお友だちのように、笑ったり喋《しゃべ》ったりしているんですものねえ」

雨がやんだのを見て、倉持ミユキはスーツ・ケースを持ち上げた。

「雨宿りが、取りもつ縁ですわ」

中林千都も、ボストンバッグを手にした。

「さあ、参りましょうか。みなさん、ご一緒しましょうね」

倉持ミユキが、真っ先に外へ出た。

教師という職業柄からか、統率者としての性癖が出る。自分が先頭に立って後続の者に呼びかけ、リーダーシップを握るのが巧《たく》みであった。

呼びかけられた人間は、倉持ミユキのあとに従わずにはいられない。もっともいまは全員が、五百羅漢を目ざしているのだ。親しくなった四人が、行動をともにするのは当然である。

森下芙貴子、中林千都、それに律子の順でプレハブ小屋をあとにした。日射しが、地上に溢《あふ》れている。まぶしいくらいに、明るくなっていた。

真っ青な空が広がり、浮雲があちこちに遊んでいる。山々の緑が、色鮮やかであった。地面が濡れていなければ、雨が降ったのは嘘《うそ》かと錯覚するだろう。

樹木の無数の葉が、ガラス玉を置いたように光っている。そこからキラキラと光りながら、絶え間なく雫《しずく》が滴《したた》り落ちる。それが、雨上がりを物語っていた。

幅を狭めた道が、鬱蒼《うっそう》たる樹海の中へ消えている。五百羅漢の入口であることを告げるように、清水《しみず》が湧《わ》き出ている大きな岩石があった。そのあたりに供養としての花、饅《まん》頭《じゅう》、盛り上げた米などが供《そな》えてある。

樹海の中にはいると、ひんやりと空気が冷たくなる。昼なお暗き、という表現がぴったりな具合に、明るさが失われる。地面には岩が多くなって、降雨にかかわりのない湿り気が感じられる。

晴天が続いても、ここだけは濡れた地面であることが、常態なのに違いない。いまは雨上がりなので、樹木も草むらも濡れている。何しろ薄暗くて、現代から遠のいた古き世の雰囲気を、そっくり感じ取ることになるのであった。

午後四時から五時といった時間になると、どこの名所古跡だろうと訪れる観光客の足がぴたりと途絶える。まだ明るい夏の夕方でも、これからくるという人間はいない。あたりは完全に、無人の世界になる。

ここの五百羅漢にしても、同じだった。四人を除いては、人の気配もなかった。雨が降ったこともあって、この地は隔絶された世界になっていた。

それに加えて、遠い過去へ運ばれたような心細さがあった。恐ろしくなるような静寂に支配されて、樹木のトンネルが地獄への道を思わせる。

羅漢像をひとつひとつ、見定めることは難しい。樹間の一帯の自然石に、線彫りにされているのが、ほとんどだからだろう。立体彫刻の羅漢像もまざっているが、苔《こけ》むしたり摩滅したりで、判然としなかった。

草の中から、羅漢像の笑ったような顔が覗いているのに気づいて、ハッとなることもある。湧き水が足元を流れていて、何とも不気味であった。

羅漢像が何体かを数えることはできないが、曲がりくねった石仏の道はやがて終わる。百メートルは、歩いたように感じられた。異様な雰囲気に打たれて、見学するという余裕を失っていた。

四人は、口もきかずに歩いた。ひとりだったら途中で引き返しただろうと、律子は思った。大きな岩が二枚、重なっているところで、行きどまりだった。律子は正直、ホッとしていた。

「これから先には、何もないのかしらね」

先頭の倉持ミユキが、大きな声を出した。

その声にも怯《おび》えて、ほかの三人は身を寄せ合った。二枚重ねの大岩石の向こうは、一段と山深い樹海となっている。道があっても、山中の小径《こみち》と変わらないだろう。

「戻りましょうよ」

「そのほうが、いいみたい」

「何だか、寒いわ」

中林千都、森下芙貴子、そして律子が口々に言った。

「ちょっと、見て来ます」

倉持ミユキは早くも、岩石を迂回《うかい》しようとしていた。

仕方なく三人は、そのあとを追った。二枚重ねの岩石の向こう側へ回ったとき、声もなく凝然《ぎょうぜん》と立ちすくんでいる倉持ミユキの姿を、三人は見出《みいだ》していた。

倉持ミユキは、口を動かしていた。何か言おうとしているのだが、声が出ないようであった。倉持ミユキはいまにも眼球が飛び出しそうに、目を大きく見開いている。表情が恐怖に、引き攣《つ》れていた。

三人は倉持ミユキの視線をたどるように、岩蔭を覗き込んだ。

「わあっ！」

中林千都が、両手で顔を覆《おお》った。

「きゃーあ！」

森下芙貴子の悲鳴が、空気を震わせた。倉持ミユキと同じように、律子は声を失っていた。

地上に、男が倒れている。仰向《あおむ》けになっているので、前を開いたジャンパーの下のワイシャツが見えていた。そのワイシャツと白いズボンが、泥と血にまみれている。雨に打たれてのことだろうが、周囲の草まで薄められた血で赤っぽく染まっていた。腹部からワイシャツを通して、血がなおも流れ出ているようだった。

喉《のど》のあたりにも、切り傷が認められた。雨に洗われて、パックリとあいた傷口が鮮明であった。その傷口から噴き出した血は、半ば凝血していた。

そして男の胸のやや左寄りに、包丁が柄《え》まで埋まって突き刺さっていたのである。

4

五百羅漢を見て歩くうちに、四人の女は奇怪な世界を踏み迷うといった心境に追いやられていた。不気味な雰囲気に怯え、恐怖心を植えつけられた。

そうなると、人間の心理として臆病風《おくびょうかぜ》に吹かれる。怖い、怖いの思いが先に立ち、不安に戦《おのの》くことになる。そのあげくに、このうえなく恐ろしいものを、実際に見せつけられたのであった。

平常よりもはるかに臆病で、気が弱くなっていた四人にとって、それが決定的な恐怖となるのは当然である。声も出ないし、すくみ上がって動けなかった。

金縛《かなしば》りに遭《あ》ったように、逃げ出すこともできない。自分が自分でなくなり、心臓が破裂しそうだと感ずるだけだった。このままの状態が長く続いたら、腰を抜かして気絶するに違いなかった。

そうした女たちをさらに、愕然《がくぜん》とさせることが起こった。それはトドメを刺すように、女たちに恐怖感と衝撃を与えた。倒れている男が口をきいたのである。

「助けてくれ」

かすれた声で、男は呻《うめ》くようにそう言った。

男は、目を閉じていた。意識を、失いかけている。多分、男はそばに四人の女がいることにも、気づいていないのだろう。ただ死にたくないという人間の本能と意思が、そういう言葉を吐かせているのにすぎない。

だが、女たちにはショックだった。おそらく女たちにとって、殺されかけて血だらけになっている人間を、目《ま》のあたりに見るのは初めての経験なのに違いない。その人間が口をきいたとなれば、恐怖は倍加するものであった。

「頼む、助けてくれ」

真っ白になった唇を、男は震わすように動かした。

キャーッという喉が破れそうな悲鳴が、四人の女の口から呼応するようにほとばしり出た。その悲鳴によって、女たちはわれに還《かえ》った。われに還れば、逃げ出さずにはいられない。

またしても真っ先に、倉持ミユキが走り出した。ひとりが逃げれば、あとに残る者はいない。ほかの三人も、倉持ミユキのあとを追う。全員が競い合うように、五百羅漢が並ぶ道を必死に走った。

無我夢中であった。旧道へ出るまでのあいだ、自分がどういうふうにしたかを、律子もまったく記憶していなかった。気がついたら、旧道へ飛び出していたのである。

不思議なことが、二つあった。

ひとつは、湧き水が流れる岩のうえや雨上がりの坂道を突っ走りながら、ひとりとして足を滑《すべ》らせて転倒する者がいなかったことである。もうひとつは、荷物を投げ出したり忘れたりした者も、いなかったということだった。

路上の端《はし》に寄せて、クリーム色の国産車が停めてあった。森下芙貴子がキーを取り出すと、その車に駆け寄って運転席のドアをあけた。

森下芙貴子は、運転席に乗り込んだ。ドアを閉じて、エンジンを吹かした。ほかの三人が、追いすがった。倉持ミユキが助手席の窓を、中林千都が車のトランクを激しく叩いた。

「一緒に連れてって、お願いよ！」

倉持ミユキが、そのように叫んだ。

森下芙貴子はいったん首を振ったが、すぐに仕方がないというようにシートの背に寄りかかった。ドアのロックがはずれ、車のトランクが開かれた。

中林千都、倉持ミユキ、それに律子が自分たちの荷物を、次々にトランクへ投げ入れた。中林千都と倉持ミユキは素早く、左右のドアから後部座席へもぐり込んだ。トランクをしめてから、律子は助手席に乗った。

「どうしたら、いいんです」

後部座席を、律子は振り返った。

「どうもこうもないわ、一刻も早くここから遠ざかることよ」

中林千都が、震える声で言った。

「そう、逃げるしかないわ」

倉持ミユキは、苦しそうに息を弾《はず》ませていた。

「逃げるって、わたしたちは何も悪いことをしていないんですよ」

律子は、中林千都と倉持ミユキを、交互に見やった。

「逃げるって、そういう意味じゃないのよ。何もなかった、何も見なかったってことにして、わたしたちはここからいなくなる。そういうことなのよ」

倉持ミユキは、唇まで色を失っていた。

中林千都も、土気色《つちけいろ》の顔でいる。色の白い森下芙貴子は、透明に近く真っ青だった。自分も同様に血の気が引いたままでいるのだろうと、総毛《そうけ》立つような顔の冷たさから律子は察しをつけていた。

「わたしたちは、いっさい関係ないってことにするんですか」

あるいはそうすべきかもしれないと、律子は思った。

「そうよ。だって、恐ろしいじゃないの。犯人がまだ近くにいるとも、考えられるでしょ。犯人は、複数かもしれないしね。それで、わたしたちが死にかけている被害者を見つけたってことに気づいたら、犯人はただじゃすませないでしょ。口を封じるために、わたしたちまで殺そうとするわ」

倉持ミユキは、助手席の背を何度も叩いた。

「まさか……」

人気《ひとけ》のない坂道を、律子は見やった。

「近くまで、犯人が追って来ていたら、わたしたちどうなるのよ。わたし、殺されたくないわ。だから、逃げるのよ！」

半狂乱とまではいかないが、ヒステリックに倉持ミユキは叫んだ。

「でも、さっきの男の人、まだ生きていたでしょ」

律子はそのことが、何よりも気になっていた。

「だから、どうだっていうの」

「いまから病院に運べば、助かるかもしれないってことです」

「そんなの、わたしたちの知ったことじゃないでしょ」

「知ったことじゃないって、重傷を負った人をみすみす死なせていいもんなんですか」

「いいも、悪いもないわ。要するに、わたしたちには無関係ってことなのよ」

「ですけど現にわたしたち、あの男の人を見ちゃったんですから……」

「だから何もなかった、わたしたちは何も見なかったってことにするの」

「そんなふうに、簡単には割り切れないでしょ」

「割り切るのよ。それが、自分たちのためなんだって……」

「じゃあ、せめて救急車ぐらい、呼びましょうよ。一一九番するだけなら、構わないんじゃないんですか」

「わたしは、反対！　救急車を呼んだりすれば、それだけですまなくなるでしょ」

「それなら、一一〇番でもいいわ」

「なおさら、駄目よ。警察が来たらわたしたち、発見者ということで事情聴取されるわよ。事件の参考人よ」

「でも、実際にそうなんだから、それは仕方がないと思うわ」

「わたしは、絶対にいや！　警察で調書を取られるなんて迷惑だし、そんな寄り道するのは真《ま》っ平御免《ぴらごめん》だわ。せっかくの旅行が、台なしになるじゃないの。それに、わたしたちが事件の発見者だってことが、報道されたらどうするのよ」

「困るんですか」

「困るわ」

「どうして……」

「わたしね、東京にいる祖母が急病だからって、休暇を強引に取ったんですからね。そのわたしが岩手県を旅行していたなんて学校に知れたら、わたしの立場はなくなるし取り返しのつかないことになるわ」

「そうですか」

人それぞれにはそんな事情もあるのだと、律子は少しずつ納得がいくような気分でいた。

「とにかく、かかわり合いにはなりたくないのよ」

倉持ミユキは、身を揉《も》むようにした。

「わたくしも、困ります。警察で事情聴取を受けたり、そのことが新聞に載ったりするのは、絶対に困ります」

中林千都が、律子とミユキのあいだに乗り出した。

「わかります」

律子は、うなずいた。

中林千都にも、夫に内緒の商談をまとめるために、岩手県へ来たという事情があるのだった。

「いっさい、かかわり合いになりたくありません。わたくしも、何も見なかったことにしますから……」

ハンカチで脂汗《あぶらあせ》をふきながら、中林千都は首を振った。

口紅がこすれて、唇からはみ出していた。そうしたことに注意が行き届かないのは、中林千都もかなり取り乱しているという証拠であった。

「でしたら、愛宕神社とかバス・センターとかの人に、一一〇番と一一九番に通報してくださいって、頼んでいったらどうでしょうか」

最後の妥協案を、律子は持ち出した。

「それでわたしたちは、姿をくらますっていうの」

倉持ミユキが訊いた。

「ええ」

律子は、倉持ミユキの表情が一段と固くなっているのに、気がついた。

「とんでもない！　そんなことをしたら、なおさらまずいことになるわ！」

はたして倉持ミユキは、律子の最終提案を一蹴《いっしゅう》した。

「わたしたちには時間がないので、代わりにお願いするっていうことにしたらいいんじゃないんですか」

律子の胸を、興奮が醒《さ》めかけたときのむなしさがよぎった。

「あなたって、甘いのね。人が死にかけているから警察と救急車を呼んでくれって頼んで、四人の女を乗せた車は走り去った。そういう新聞の記事が、目に見えるようじゃないの。つまり、わたしたちが怪しまれるってことよ」

「そうですか」

「だって、変じゃないの。自分たちで一一〇番すればいいものを、土地の人に頼んで逃げちゃうんですもの。当然、おかしいと思われるわよ」

「それは、まあ……」

「そうでしょ。もしかしたら、わたしたちが犯人なんじゃないか。そうでなければ、事件の核心を握る女たちなのではないかって、疑われることになるわ。そんなことになったら、それこそ大変じゃないの」

「わたしたちのことを、警察は捜し出そうとするでしょうね」

「ええ、すぐに見つけ出されるわ。このレンタカーのナンバーを、一一〇番してくれって頼まれた人が、覚えているでしょうからね。わたしたち、警察に追跡されることになるのよ」

「そうね」

「そうなる前に、逃げちゃうのよ。いまのところはわたしたち、まだ誰とも出会っていないでしょ。あたりに人影はなし、顔を見られてもいないわ。このまま知らんぷりをして、遠くまで行ってしまえば、それで何事もなくすむじゃないの」

「ええ」

「わたしたちは、何も知らない。ね、そういうことでいっさい、かかわりがなくなるわ。

わたしたちには、無関係な事件よ。それで、いいでしょ」

倉持ミユキは、鼻の頭に汗を浮かべていた。

「じゃあ……」

律子は、目を伏せた。

そうしましょうと、合意したつもりはない。ただ律子は、もうどうでもいいという気持ちになっていたのだ。結果的に、説得されたということになるのだろう。

「あなたは、どう考えていらっしゃるの」

中林千都が、森下芙貴子の肩に手を置いた。

レンタカーの借り主で、運転者でもある森下芙貴子はまだひと言も、意見を述べていなかったのである。レンタカーの借り主こそもっとも肝心であり、この場の主導権を握れることにもなるのであった。

その森下芙貴子が黙り込んでいたのは、いちばん若いからという遠慮があってのことではなかった。それだけ森下芙貴子は、怯えているということなのだった。

「わたしも、遠くへ逃げてしまいたいわ。かかわり合いになりたくないし、とても恐ろしいし……」

いまにも泣き出しそうな顔で、森下芙貴子は答えた。

「だったら、これで決まりね。さあ、早く車を走らせましょうよ」

中林千都は腰を浮かせて、森下芙貴子を急《せ》かした。

「どこへ行けば、いいんですか」

森下芙貴子は、ルーム・ミラーに目をやった。

「あなたの好きなところで、構わないんじゃないかしら。とにかく一刻も早くここを離れて、安全圏と思われる遠距離まで逃げ延びることなのよ」

中林千都は、忙しく窓の外の様子に目を配った。

「はい」

森下芙貴子はやや乱暴に、車をバックさせた。

「あなた、落ち着いてちょうだい。運転は、冷静にね。途中で事故を起こしたら、もっと大変なことになるんだから……」

中林千都は前屈みになって、運転席の背に摑まった。

「大丈夫です」

森下芙貴子は素早く、しかも荒っぽくハンドルを回した。

運転には、自信があるらしい。一回のバックだけで、車の方向転換を終えていた。激しいダッシュで、車は走り出した。タイヤを軋《きし》らせて左折し、車はスピードを上げて愛宕橋を渡った。

　遠野駅が、遠ざかることになるのだった。五百羅漢を中腹に置く物見山《ものみやま》と、向かい合っている高清水山《たかしみずやま》の麓《ふもと》が眼前に迫る。国道二八三号線は、西の彼方へ延びている。遠野駅とは逆方向に、車は走り続ける。

　もう六時十八分発の急行には乗れないと、律子は諦《あきら》めていた。三人の女とはさっさと別れて、律子だけ遠野駅へ戻ればよかったのだ。なぜそうしなかったのかと、律子はみずからに問いたくなる。

　だが、その答えは、初めからわかっている。ひとりになることに、不安を覚える。罪の意識をひとりで嚙《か》みしめるのが、恐ろしいということなのである。

　死にかけている人間を、置き去りにして逃げて来た。そのことですでに、律子の良心は痛み始めていたのであった。

5

　間もなく、盛岡へ直接抜ける新しい道路との分岐点にぶつかったが、森下芙貴子は迷わずに国道二八三号線を西進した。旅行者であって、初めての道なのだ。そうなるとバイパスだろうと、不案内な道は敬遠せずにいられない。

森下芙貴子は、遠野へくるとき通った国道を選んだのである。誰も口を、きかなくなっていた。まだ恐怖と不安が、残っているのであった。

女たちはそろって、これからどうすべきかを考えているのに違いない。車はやがて、花巻へ出る。そうすれば倉持ミユキは、そこで降りればよかった。

今夜は花巻に泊まり明日は平泉と、倉持ミユキにとっては予定どおりの行動となる。中林千都も、深刻に思いをめぐらす必要はなかった。

今日のうちに、帰京することになっていた。遠野に寄り道しただけで、もう岩手県に用はない。そのうえ中林千都は、気ままに行動することができる。今夜どこかに一泊して、明日にでも東京へ帰ればいいのである。

森下芙貴子の場合は、さらに自由であった。彼女も旅行の目的を、とっくに終えている。福岡に戻る日を、勝手に延期にしているのにすぎない。

明日でも明後日でも、好きなときに福岡へ発《た》てばいい。今夜は盛岡まで、引き返すことが決まっている。森下芙貴子には盛岡でレンタカーを返そう、という気持ちが働いているはずだった。

泊まっていた盛岡のホテルは、今朝チェックアウトしたのだろう。本来ならばレンタカーは、同じ会社の最寄りの営業所に返却すればよかった。

だが、いまの森下芙貴子は遠野へ行ったことを、人に知られたくないという思いでいる。したがって遠野や花巻に、同じレンタカー会社の営業所があったとしても、そこに車は返したがらない。

もっとも安全なのは、借りたところに返すことであった。だから森下芙貴子は、行く先を盛岡としている。森下芙貴子は多分、盛岡に一泊して明日あたり福岡へ帰ることになるだろう。

結局、誰よりも律子が今後どうするかを、真剣に思案しなければならないのである。律子は今日、岩手県に来たばかりなのだ。それなのに、目的地ではないところへ向かっている。

「あの男の人、どうなったかしらね」

中林千都が、小さな声で沈黙を破った。

「奥さま。何もなかった、何も見なかったはずですわよ」

倉持ミユキが、冷《ひ》ややかに言った。

「わかっております。でも、ここだけの話として……」

中林千都は、そう弁解した。

中林千都の胸のうちでも、罪の意識が重くなり始めているのだった。

「ここだけの話も何も、そんな事実はなかったことなんですから……」

倉持ミユキは、咎《とが》める口調になっていた。

実は倉持ミユキも、罪悪感の痛みに浸蝕《しんしょく》されつつあるのに違いない。あるいは教育者という自覚との戦いから、倉持ミユキがもっとも罪の意識に苦しんでいるのかもしれない。だから倉持ミユキは、自分の非人道的な行為を忘れたいがために、中林千都の口を封じようとするのではないか。

「ここにいる四人だけの秘密なんですから、いまは何を言っても構わないんじゃないですか」

中林千都は、そのように反論した。

「でも、それが当たり前になるとつい人前で、喋ったりすることにもなるんじゃありません？」

倉持ミユキの言い分は、いくらか苦しくなっていた。

「そんなこと、あるもんですか」

中林千都は、あきれたような笑い方をした。

「いずれにしても、思い出したくないことなんですから、好んで話題にしないほうがいいんじゃないでしょうか」

「好んで話題になんか、しておりませんわ。でも、いまのわたくしたちにとっては、避けて通れない道じゃありませんこと？　これからだってあの男の人のことで何かあれば、わたくしたちは好むと好まざるとにかかわらず、話題にしなければならなくなるでしょ。まして、いまここにいるのは、わたくしたち四人だけなんですからね」

「まあ四人だけのときは、やむを得ないでしょうけど……」

「対策を考えるんだったら、むしろ進んで話し合わなければならないことだわ」

「対策を立てるって、そんな必要があるんでしょうか」

「たとえば、犯人が簡単にはわからなくて、大々的な捜査が始まったりしたら、わたくしたちには他人事《ひとごと》じゃなくなるでしょ」

「いろいろな意味で、悩みが多くなりますわね」

「もし、事件現場から逃げるように車で立ち去った四人の女がいたって、目撃者の証言があったりしたら、それこそ大変なことになりますもの」

「そりゃあね」

「だから、避けては通れない道。わたくしたち四人だけのときには、話して当然のことじゃありませんか」

中林千都は、タバコに火をつけた。

「わかりましたわ。どうぞ、お話しになってください」

倉持ミユキのほうが、ついに折れた。

中林千都の主張は論理的であり、倉持ミユキとしては貫禄《かんろく》負けというものもあったのだろう。

「別に取り立てて、お話しするようなことはございませんけどね」

中林千都は深呼吸をするようにして、量の多いタバコの煙を吐き出した。

「いちばん望ましいのは、あの男性が死なずにすむっていうことでしょうね」

倉持ミユキは、勝手な願いを持ち出した。

「助けないでおいて、生きていてくれっていう注文は、ムシがよすぎるんじゃありません？」

「それはよくわかっているんですけど、生きていてくれるんだったら、それに越したことはないでしょ」

「ちょっと、無理でしょうね」

「そうでしょうか」

「だって、わたくしたちが見つけたときには、もうあの男の人、意識が薄れかけていましたものね。あのあとすぐに救急車を呼んで、病院へ運んでいたら、あるいは助かったかもしれませんけど……」

「わたしたちが置き去りにして逃げたから、あの男の人は死んでしまったということになると……」

「そう、わたくしたちの罪ってことになるわ」

「罪はあの男の人を、刺して殺そうとした犯人にあるんでしょう」

「ですけど、あの時点ではまだ生きていたんですもの。それを見殺しにしたんだから、わたくしたちの罪だって決して軽くはありませんわ」

「でも、恐ろしさの余り逃げ出したんですから、仕方がないんじゃないんですか。悪意があって、やったことではありませんしね。不可抗力ですよ」

「それにしても、人道上の罪にはなるでしょ。法律では罰せられないにしろ、ある意味での社会的制裁を受けることになるんじゃないかしら」

「誰かが溺《おぼ》れていたって、自分が泳げなければ、水には飛び込まないでしょ。助けないで、見殺しにするってことになるわ」

「そういうときだって、ほかの人に助けを求める義務があるそうよ。そうだとすると、わたくしたち、公務員に通報しなかったという罪に問われるかもしれない。わたくしたちは誰にも知らさないで、かかわり合いになりたくないの一心から逃げてしまったんでしょ。あの男の人を、完全に見殺しにしたってことになるわね」

「わたしたちのことを、知られさえしなければ大丈夫」

「いまから後悔しても、始まらないんですものね」

「あの男性が死なずにいることを、祈るのみだわ」

「わたくしたちのあとに、あの場所へ行く人なんていないでしょうから、いまごろはもう手遅れだと思います」

「それならそれで、遺体が永久に見つからなければいいんですけどね」

「無理な注文ですわ」

「だいたい、殺されるようなことをするから、いけないいんじゃありませんか」

「あの男の人、二十七、八だったかしら」

「わたしには、三十すぎに見えましたけど……」

「そんなゆとりはなかったから、正確な年なんかわかるはずはありません。わたくし顔を覆っていて、指のあいだからチラッと見ただけですもの」

「三十ぐらいの男だったことには、間違いないでしょう。サラリーマン風ではあったけど、崩れた感じのする男でした。刺されたりする原因を作ったんだから、自業自得ってところだわ」

「ですけどね、倉持さん」

「はい」

「人間ってみんな、殺されても仕方がないような原因を、作るもんじゃありません？」

「どういうことでしょうか」

「言い換えれば、殺されるような原因を作る人間が、大勢いるってことです。それを裏返して言うと、誰にも殺してやりたいと思う人間が、必ずひとりぐらいはいるってことなのよ」

「それは、そうでしょうね。ただ、二種類あるでしょ」

「二種類……」

「殺されても仕方がないような原因を、わざわざ作る人間。それと、たまたま邪魔者だから消えてもらおうという立場に、不幸にも置かれてしまう人間。この二種類、あると思うんです」

「そうねえ」

「二種類あるからこそ、誰にだって必ずひとりぐらい、殺したい人間がいるってことになるんじゃないんですか」

「そうでしょうね」

「確かに、殺したい人間なんてひとりもいないって言ったら、嘘になりますわ」

「殺してやりたいと思う、死ねばいいのになって願う。その差が、あるだけでしょ。でも、ある特定の人の死を願うっていうのも、殺してやりたいと思う人間がいることと、変わらないですものね」

「いちばん大きい差は、殺してやりたいと思うだけに終わるのと、殺人を実行に移してしまうのと、この違いにあるんです」

「問題は、勇気とチャンスよ」

「奥さまにも、殺したい人間がいるんですか」

そうした質問をするのに、倉持ミユキは真面目《まじめ》すぎる顔つきでいた。

「だって、ひとりもいないって言ったら、嘘になるんでしょ」

中林千都は、曖昧《あいまい》な笑い方をした。

四十歳と三十五歳の女の言葉のやりとりは、際限なく続きそうであった。車の走行に障害はなく、一秒ごとに遠野市から遠ざかっていくことが、中林千都と倉持ミユキを安心させているのだろう。

少しずつだが、緊張感も解けていく。ホッとしたことから、二人は急に饒舌《じょうぜつ》になったのかもしれない。そうでなければその逆で、まだ醒めやらぬ興奮が二人を喋らせている、というふうにも考えられる。

現実に触れての棘々《とげとげ》しい会話が、いつの間にか話題を変えて殺人論になっていた。誰だろうと必ずひとりは、その死を望むか殺したいと思うかする人間が、この世にいるということなのである。

誰しも頭の中で人殺しをする可能性があるというのは、まさにそのとおりであって、律子にも興味があることだった。もちろん、千都とミユキの説を、律子はそっくりそのまま肯定する。

殺したい人間が、ひとりもいないと言えば嘘になる――。

それは、正しい。千都とミユキには、死んでほしいと切実に願う相手がいるはずであった。当然のことだが、律子にも殺してやりたいと思う人間がひとりだけいるのである。

「じゃあ、奥さまには殺したい人間が、いるってことなんですのね」

倉持ミユキが、話を続けた。

「イエス、と答えておきましょう」

中林千都は、もう笑わなかった。

「失礼ですけど、奥さまはとても恵まれた生活をなさっていらっしゃるように、お見受けしますわ。でも、そういう奥さまのような方にもやっぱり、生きていてもらいたくないって人間が存在するものなんですね」

ミユキは語尾に、溜息《ためいき》を付け加えた。

「人間である以上は、当たり前でしょう。倉持さんにしても学校の先生だからって、殺したい人間なんてひとりもいないってことにはならないでしょ」

千都は消したばかりなのに、また新しいタバコにライターの音をさせた。

「教師だからって、神のように清らかではありません。特にわたしなんか、平凡な女ですものね。ですから、わたしにも死んでくれって願っている人間が、ひとりおります」

ミユキの声にはどことなく、切迫した響きのようなものが感じられた。

「奈良井さんは、どうかしら」

千都が、声をかけて来た。

そうくるだろうと予期していたので、律子は振り向かなかった。

「同じく、ひとりおります」

半分ふざけた調子で、律子は左手を挙げた。

「森下さんは、いかがです」

千都が、運転席を覗き込んだ。

「います」

森下芙貴子の怒ったような横顔が、小さな声でそう答えた。

「わたしたち四人は、何もかも一致するのね。これじゃあ、ますます意気投合しそうだわよ」

張り切るように、ミユキが大きな声を出した。

国道二八三号線は、山間《やまあい》を走り抜ける。左手には常に、猿ヶ石川を見ることになる。右手と猿ヶ石川の南側には、山が連なっている。ときたま、釜石線の線路と絡み合う。

猿ヶ石川はいったん、ダムがある田瀬《たせ》湖に流れ込む。その猿ヶ石川が再び南に姿を現わすと、道路は平野部へと下って行く。花巻まで、そう遠くはなかった。

6

花巻市に、はいった。

喫茶店と民宿が目立つ町に、駐車場のあるレストランを見つけた。宮沢賢治《みやざわけんじ》の生家が、すぐ近くにあるという。小さなレストランで、四人は食事をすることにした。

時間は、七時十五分前であった。だが、おいしいものを、食べようという意欲に欠けていた。空腹でないわけはなかったが、食欲がないのである。

スパゲティー、洋風雑炊、フルーツ・サラダ、それにスープだけとか、銘々《めいめい》が妙な取り合わせで一品ずつ注文した。料理が運ばれてくるのを待つあいだに、律子は宮古市の旅館へ電話を入れた。二泊の予約を、キャンセルするためだった。

食事は、簡単にすんだ。四人は、コーヒーを頼んだ。ずいぶん、蒸し暑くなった。ひと雨、くるのかもしれない。店内にはまだ、冷房がはいってなかった。

ここで、ちょっとした異変があった。倉持ミユキが、花巻温泉の旅館を予約しようとしなかったのだ。レストランを出たときから、ミユキは別行動をとることになる。ミユキだけがタクシーに乗り、花巻温泉へ向かうはずなのである。

「森下さんは、盛岡までいらっしゃるんでしょ」

中林千都が訊いた。

「ええ、レンタカーを返さなければなりませんし……」

森下芙貴子は、暗い眼差《まなざ》しを千都に向けた。

「でしたら、泊まるところも盛岡ね」

汗をかいているのか、千都は首筋にハンカチを押し当てた。

「今朝チェックアウトしたホテルに、また泊まろうと思っています」

芙貴子は、コーヒーに口をつけた。

「いいホテルですの」

「まあまあのホテルです」

「まあまあですか」

「一昨日、グループが解散するときまでいたホテルは、盛岡で一、二というところだったんですけど……」

「何というホテルかしら」

「盛岡ホテル東北です」

「ああ、聞いたことがあります」

「ひとりになってから一昨日の夜、わたしそこを出て盛岡セントラル・ホテルへ移ったんです」

「だったら今夜も、その盛岡セントラル・ホテルにお泊まりになるのね」

「ええ。盛岡セントラル・ホテルは、盛岡ホテル東北よりもちょっと落ちますけど、とても静かでいいんです」

「スイート・ルーム、ありそうでした？」

「最高のお部屋っていうのが、ローヤル・スイートだと思います」

「あなた、これから改めて盛岡セントラル・ホテルを、予約なさるんでしょ」

「ええ」

「それでしたら申し訳ないんですけど、わたくしのお部屋もついでに予約をお願いできます？」

「それは構いませんけど、奥さまも盛岡にお泊まりになるんですか」

「あなたの車に、乗せていただいているんですもの。それに、せっかくこうしてお知り合いになれたんだし、最後まであなたとご一緒するのが、自然っていうものでしょ。わたくしも、今夜は盛岡に泊まりますわ」

「わかりました。じゃあ、ローヤル・スィートを予約するんですね」

芙貴子は、立ち上がった。

「はい。奈良井さんは、どうなさいます」

千都は視線を、律子に移した。

律子も盛岡に泊まるだろうと、千都の目が問いかけていた。律子は、うなずいた。宮古の旅館は、キャンセルした。いまから新たに、どこへ行くかを考えるのは億劫《おっくう》である。よくは知らない土地で夜を迎えて、この広い東北地方を思うと旅人は孤独になる。無理して、ひとりになる必要はない。いや、ひとりになるのは寂しかった。千都ではないが、このまま最後まで一緒のほうが自然だと、律子は盛岡に一泊することを決めていた。

「恐れ入ります。普通のツインのお部屋で結構ですから、わたしの分も申し込んでいただけますか」

律子は頭を下げてから、森下芙貴子を見上げた。

「はい」

芙貴子は、席を離れた。

「森下さん、お願い」

ミユキが、芙貴子を呼びとめた。

「えっ……」

律子の背後で、芙貴子は足をとめた。

「わたしも、お願いしたいわ。シングルのお部屋を……」

ミユキは、顔の前で手を合わせた。

これは異変だと、千都、律子、芙貴子の目がミユキに注《そそ》がれた。ミユキだけが今夜は花巻温泉、明日は平泉と予定ができているのにと、三人の顔は訝《いぶか》っていた。

「倉持さんも、予定を変更なさるの」

千都が訊いた。

「ひとり旅ですから、どうにでもなるんです。それに何だか、みなさんとお別れするのが、辛《つら》いんですよ。ひとりになるのが、心細くってね」

照れ臭そうに、ミユキは笑った。

「わかりました」

芙貴子は、電話機のほうへ去っていった。

年上の女三人がいちばん若い芙貴子ひとりに、ホテルの予約を任せた格好《かっこう》になった。ミユキも一緒に、盛岡に泊まるという。千都も律子も、どちらかといえばそれを歓迎していた。自分たちも同様に、離れ難《がた》い気持ちでいるからであった。

ひとりになれば、罪の意識に苛《さいな》まれそうである。四人一緒にいれば心強く、いくらかでも救われることになる。その一種の連帯感が、いまは何よりも貴重なのだ。

だからミユキも四人一緒にいるためには、長年の夢だった平泉行きさえ、変更して構わないという気でいる。それだけ時間がたつにつれて、人間ひとりを見殺しにしたことの恐怖感が、重くのしかかってくるという事実を物語っていた。

芙貴子が戻って来て、ローヤル・スィート、ツインの部屋、そしてシングルが二室と、それぞれ取れたことを報告した。四人は、小さなレストランを出た。勘定《かんじよう》は、千都が払った。

それに、逆《さか》らった者はいなかった。年長者で金持ちの千都に、任せておいていいという顔でいた。他人行儀ではなくなった、ということなのである。四人はすでに、馴れ合う関係になりつつあったのだ。

車に乗り込んで、律子は旅情を呼び起こすような夜景を眺めた。車は市街地を抜けて、国道四号線を北上した。クーラーが利《き》き始めたので、蒸し暑さは感じられなくなった。だが、やはり雨が降り出した。

西へ転じてしばらく走り続けたが、やがて花巻インターチェンジから東北自動車道へはいった。三つ目の出口が、盛岡だった。激しくなった雨の中を、車は北へ向けて疾走した。

車の中で、あまり饒舌は聞かれなかった。疲れたように、誰もが口を閉じていた。死にかけていた男はどうなったかという不安、はっきりした目的のない旅、それに夜の雨が、憂鬱《ゆううつ》な気分にさせるのだった。

盛岡についたとき、雨はやんだ。濡れた夜の都会の明るさに、何となく胸のうちが和《なご》んでいた。いったん盛岡駅前へ出て、北上川に架かった開運橋《かいうんきょう》を渡る。芙貴子は駅前からでないと、道も方角もわからないということであった。

駅の付近と、盛岡市の中心街の南北に、ホテルが多かった。中央通りから北東へそれて、小高い丘陵《きゅうりょう》のうえに盛岡セントラル・ホテルはあると、森下芙貴子が説明した。

「盛岡にも、愛宕山っていうのがあるんですね。それから、五百羅漢もあるんだそうです」

芙貴子が言った。

「あんまり、いい気持ちはしないわね」

千都が、上体を起こした。

「根強い愛宕信仰から来ているんで、愛宕山とか愛宕神社とかいうのは、どこにでもあるんですよ。京都の愛宕権現《ごんげん》を、はじめとしてね。東京にだって、愛宕山と愛宕神社があるでしょ」

ミユキが、社会科の教師らしい解説を加えた。

「盛岡の五百羅漢には、ジンギスカンやマルコ・ポーロの羅漢もあるんですって」

芙貴子は坂道にさしかかって、車のスピードを上げた。

「ねえ、四人グループっていうのは、何かのときにまずいでしょ。だから、ひとりか二人に分かれて、チェックインしましょうよ。森下さんがまとめて予約したってことには、知らん顔でね」

千都が、そのように策を授けた。

三人は、うなずいた。遠野の愛宕神社下から、四人の女が車で走り去ったということを、知っている人間が存在するかもしれない。そうなると、女四人のグループが盛岡のホテルに現われたと注意を引くことになる。目立つことは避けたほうがよかった。

部屋の予約もローヤル・スィート、ツイン、シングルとばらばらだった。別個にチェックインすれば、四人グループとは思われないだろう。まとめて予約があったというようなことを、フロントはあまり気にしないはずである。

万が一の用心なのだ。

丘のうえのホテルで、ほかに建物はなかった。南に中津川《なかつ》を、眺めることができるという。環境は悪くないし、ホテルも新しくて小ぎれいな外観であった。十階建てだと、律子は窓を数えて答えを出した。

盛岡ホテル東北は、盛岡駅の近くにある。芙貴子はそこから、市内の北東に位置するこのホテルへ移ったのだ。芙貴子が言ったとおり、静けさが売りもののホテルに違いないと、律子は思った。

駐車場へ乗り入れた車から全員が降り立って、まずはトランクの中の荷物を取り出した。第一陣として、芙貴子とミユキがホテルの正面玄関へ向かった。

シングルの部屋を予約してある二人は、ペアであってもおかしくなかった。ドア・ボーイの姿はなく、芙貴子とミユキは荷物を手にしたままホテルの中に消えた。部屋に落ち着いてから一時間後に、千都のローヤル・スィートに集合することになっている。ローヤル・スィートはひと部屋しかないから、誰だろうと捜し当てることは容易であった。

しかし、芙貴子、ミユキ、律子の部屋は、互いにルーム・ナンバーもわからない。それでも、○○さんの部屋は何号室かとフロントに問い合わせてはならない、ということになっている。

一時間後にローヤル・スィートに集合したとき、それぞれのルーム・ナンバーを確かめればよかった。とりあえずはローヤル・スィートを本拠地として、密《ひそ》かにそこへ集まることになっていた。

五分たって千都が、ホテルの正面玄関へ向かった。さらに五分待って、律子は駐車場をあとにした。時間は、九時に近かった。ホテルの中へはいったが、動くものは見当たらなかった。

閑散としたロビーに人影はなく、間の抜けた明るさが大きな空間に溢れていた。フロントに、千都とボーイの姿があった。芙貴子とミユキは、もういなかった。荷物を持たせたボーイのあとに従って、千都がエレベーターホールへロビーを横切っていった。

その千都と律子は、間隔を置いてすれ違った。フロント係が探るような目で、近づいてくる律子を迎えた。律子は宿泊者カードに、住所と氏名を記入した。それも打ち合わせどおりに、出鱈目《でたらめ》な住所といい加減な偽名を書いた。

ボーイの案内で、部屋へ向かった。八階の八二二号室だった。エレベーターの中に、館内案内図が取り付けてある。律子はそれを見て、ローヤル・スィートが十階のいちばん奥にあることを確認した。

八二二号室は、南向きの部屋であった。あまり、広くはない。二つのベッドが、窮屈《きゆうくつ》そうに並んでいる。シングルよりは、いくらかマシというところだった。ボーイが引き揚げるのを待って、律子は着ているものを残らず脱ぎ捨てた。

全裸になって、バス・ルームへ足を運ぶ。シャワーを浴びた。運が悪かった今日の汚れを清めるように、律子は丹念に裸身を洗った。シャワーだけなのに、長湯になった。

浴室を出て涼みながら、律子は薄化粧をした。ブルーのワンピースに着替えて、時計を見ると十時前になっていた。自分の部屋に落ち着いて、ちょうど一時間後ということになる。律子は、八二二号室を出た。

エレベーターで十階へ上がり、廊下を突き当たりまで歩いた。律子はセミロングの髪を揺すって、ローヤル・スィートという金属製の英語の文字を見定めた。チャイムを鳴らすと、ドアが開かれて森下芙貴子が顔を覗かせた。

無人の廊下を振り返って、律子は素早くドアを閉じた。左手が浴室やトイレへの通路になっていて、右側にはキッチンが見えていた。正面にもう一枚、ドアがあった。そのドアの奥は、広いダイニング・ルームだった。

楕円《だえん》形のテーブルを、十脚ほどの椅子《いす》が囲んでいる。会議室にも、使えそうである。テーブルのうえには、ウイスキーのボトル、コーヒーのポット、サンドイッチなどが並べてあった。中林千都が、ルーム・サービスを頼んだのだろう。

千都とミユキは椅子にすわって、テレビの画面に見入っていた。テレビは、ローカル・ニュースを報じている。十時からの地元のニュース最終版が、始まっているのだった。律子と芙貴子も、椅子に腰をおろしてテレビへ目を向けた。

五分もたったころ、四人は一斉《いっせい》に動揺することになった。千都は、あっと声を発していた。ミユキは腰が浮き上がり、あわててすわり直した。芙貴子は緊張して、両手を白くなるほど強く握った。律子は、全身を硬直させた。

「今日の夕方、遠野市の愛宕神社裏山の大慈寺十九世義山和尚が刻んだものとして知られる五百羅漢の付近で、男の人が殺されているのが見つかりました」

アナウンサーが固い表情で、そのように伝えたのであった。

引き続きアナウンサーは、これまでにわかったこととして、事件の詳細を述べた。それによると被害者の身元は、所持していた運転免許証から判明したということだった。被害者は釜石市平田《へいた》に住む自動車修理工、片山安次郎《かたやまやすじろう》、三十一歳であった。

被害者は喉、胸、腹の三カ所を洋包丁、いわゆる文化包丁で刺されていた。発見者は午後六時ごろに五百羅漢を訪れた観光客だが、被害者は見つかる直前に死亡したものと思われる。

死因は、出血多量による失血死。刺し傷はいずれも急所をはずれて、致命傷にはなっていなかった。発見が早ければ死なずにすんだことから、遠野署と岩手県警本部はいちおう傷害致死事件として捜査を始めた。

なお被害者の片山安次郎は、現金等を奪われていなかった。被害者は妻と二人の子ども、それに母親という家族を抱えていた。しかし、片山安次郎とその母親はともに土地持ちであり、比較的生活は裕福であったという――。

四人は、そろって無言でいた。椅子に腰を据《す》えているのは、森下芙貴子だけだった。中林千都は、ダイニング・ルームを出ていった。浴室のほうから、水の音が聞こえてくる。バスタブに、湯を満たしているのに違いない。

いまから千都が、風呂にはいるはずはなかった。バスタブに湯を注ぐ必要など、ありはしないのだ。ただじっとしていられないので、千都はバス・ルームでそんなことをしているのだろう。

7

倉持ミユキは窓辺にたたずんで、盛岡の市街地の夜景を眺めている。地方都市の夜景は飽きないほど華やかなものではない。ミユキは目に映ずるものを楽しんでいるのではなく、考え込んでしまっているのである。

奈良井律子は、ダイニング・ルームを歩き回っていた。ドアが二つ、並んでいる。左側のドアをあけると、そこはリビング風の部屋になっていた。右側のドアの向こうは、豪華な寝室であった。

やはり、ショックだった。

例の男は、死亡したのである。

片山安次郎、三十一歳。

車で盛岡から一時間四十分、遠野からだと四十分の釜石市は、陸中海岸の起点となる漁業の町として知られている。片山安次郎はその釜石市の住人で、妻と子ども二人に母親という家族持ちであった。

多くの土地を所有していて、生活は楽だったらしい。自動車修理工という職業は、形だけのものだったのかもしれない。少なくとも片山安次郎の収入で、家族たちを養っていたわけではないのだ。

生きていてくれればという四人の期待は、どうやら甘すぎたようである。片山安次郎は死んだ。死ぬのが、当然だったのだろう。滅多に人が行かない場所なので、直《ただ》ちに見つかる可能性はゼロに等しかった。

そう承知のうえで、四人の女は逃げたのであった。

自分たちのあとに、あそこへ行く人間はいないだろうとまで、四人の女は思っていたのだった。ところが午後六時ごろになって、五百羅漢を見にいった観光客が、あの二枚重ねの岩石の裏側を覗くことになった。

それで、片山安次郎は発見された。だが、そのときの片山安次郎は、すでに絶命していた。警察の調べによると、片山安次郎は発見される直前まで、生きていたということである。

刺し傷はいずれも、致命傷になっていなかった。

死因は、出血多量のための失血死。

もっと早く見つかっていれば、片山安次郎は一命を取りとめた。

もし四人の女があのとき、救急車を呼んで病院へ運んでいれば、片山安次郎は死ななかっただろう。片山安次郎の妻は未亡人にならずにすんだし、二人の子どもから父親を奪うことにもならなかった。

それなのに四人の女は、意識朦朧《もうろう》として片山安次郎が、助けてくれと懇願《こんがん》するのを無視した。四人の女は、一目散《いちもくさん》に逃げた。そのうえ、かかわり合いになるのを恐れた四人の女は、土地の人たちに知らせようともしなかった。

四人の女は、車に乗って遠野から遠ざかった。

完全なる見殺しである。

死にかけている人間、手当てをすれば蘇生《そせい》する人間を、冷然と見捨てて逃げたのであった。救えば救える人間に、自分たちの都合で背を向けたのだ。

四人の女が逃げ出してから、一時間以上もたって片山安次郎は見つかっている。しかし、そのときはもう、手遅れとなっていた。警察では、傷害致死事件として受けとめている。

　なぜ、傷害だけに終わらなかったのか。四人の女が、見殺しにしたからであった。見殺しという文字どおり、片山安次郎を殺したのは四人の女だったのだ。

　良心の痛みが、ひどくなる。

　罪の意識が、どすんとばかり重くなる。

　後悔の念に、首をしめられる。

「みなさん、さあ元気を出しましょう」

　キッチンから、千都が戻って来た。

　千都はコップを、いくつも手にしていた。コップをテーブルのうえに並べて、千都はこぼすようにして氷を入れた。ウイスキーを注ぎ、水を加える。

「いまさら、どうにかなることじゃないでしょ」

　千都は、笑顔を作っていた。

　人生が長引けば、それだけ神経も図太くなる。無意味に考え込むことこそもっとも無意味だと、経験によってよくわかっている。それだけに、気持ちの切り替えも早かった。年の功である。

「そうね」

ミユキが、深呼吸をした。

「そうですとも。すぎたことを、いくら振り返ってみてもプラスにはなりません。取り返しのつかないことは、きれいさっぱり忘れるしかないのよ」

千都は芙貴子の前に、水割りのコップを置いた。

「人間は、前向きに生きませんとね」

空元気《から》をつけて、ミユキはテーブルに近づいた。

「遺族が生活に困るようなことはなさそうだっていうのが、せめてもの救いになりますね」

律子も、ミユキと肩を並べて立った。

「事件の現場から四人の女が逃げ去った、という情報はまったくないみたいね。わたくしたちにとっては、そのことが何よりも救いでしょ」

千都はサンドイッチの皿を、テーブルの中央に引き寄せた。

「大丈夫そうですね。わたしたち、誰にも気づかれていないわ」

ミユキは、椅子に腰を落とした。

「あとは、わたくしたちが絶対に、口外しないことでしょうね」

「酔っぱらっても、寝言でも、喋らないようにしなければ……」

「わたくしたち、四人だけの秘密だわ」

「結束を、固めましょう。お互いに大変な弱みを持ったこと、共通の秘密を抱えていることで、わたしたちはこのうえない仲間同士になったのよ」

「そうね。共犯者意識というか、結束を破れない連帯感というか、わたくしたち四人は同じ色に染まっているんですものね」

「血の結束だわ」

「わたくしたちが協力し合ったら、きっとできないことってないでしょうね。だって、お互いに裏切ることは絶対に許されないんだし、何だって打ち明けられるんですもの」

「素晴らしき仲間たちよ」

「とにかく今夜は、いやなことを忘れるために、話題を変えて楽しいお喋りをしましょうよ」

千都は、サンドイッチに手を伸ばした。

「楽しいお喋りって、たとえばどんなことですか」

ミユキは一気に、半分近く水割りを飲んでいた。

「どんなことでも、結構よ」

千都は、笑みを浮かべた。

「やっぱり、四人に共通する話題じゃないと、楽しいお喋りにはならないでしょ」

ミユキは、暗い顔でいる正面の芙貴子を見やった。

「そうですね」

芙貴子は、無理に笑ってみせた。

「車の中でのお話は、いかがかしら。四人に、共通していたでしょ」

律子が芙貴子の隣りにすわって、冗談半分の思いつきを口にした。

「車の中でのお話って、どんなことでしたっけ」

千都が訊いた。

「殺したい人間が、ひとりもいないと言ったら嘘になる。そういうお話だったんです。それで、わたしたちにも全員、殺したい人間がひとりいるっていうことになりましたわ。だったら、四人に共通する話題でもあるわけでしょ」

律子は、水割りに口をつけた。

「それ、おもしろいわ。その続きを、話題にしましょうよ」

ミユキが、テーブルを叩いた。

「ですけど、あの話に続きなんてあるかしら」

千都はタバコの煙を細くして、上品に吹き上げた。

「いったいどういう理由で誰を殺したいのか、順番に告白するっていうのはどうでしょうか。わたしたち四人はお互いに、どんなことでも打ち明けられるっていう仲間なんですものね」

ミユキは自分でウイスキーを注いで、オン・ザ・ロックを作った。

「告白したらしたで、逆に欲求不満になるんじゃありません？」

千都は天井に、目を凝《こ》らしていた。

「どういう欲求不満ですか」

ミユキは生《き》に近いウイスキーを、口の中へ流し込んだ。アルコールに強いだけではなく、ミユキは普段から呑兵衛《のんべえ》なのに違いない。

「どういう理由で誰を殺したいか打ち明けただけで、それを実行に移すわけじゃありませんでしょ。そうなると殺意が強まったところで、中途半端に終わることになるわ。だからかえって、欲求不満になるってことなんですけどね」

「そういうことも、考えられますね。だったらいっそのこと、実行に移しちゃいましょうよ」

「実行に、移すって……」

「殺したい人間を、ほんとうに殺してしまうんです」

「それができるんだったら、わたくしだってとっくに実行に移していますわ」

「そりゃあ、そうですね。わたしも同じくで、やれるんだったらすでに実行しているでしょう」

「それが現実にできないから、いつまでたっても気が晴れるときがないのよ」

「どうして、できないんでしょうか」

「不可能だ、とても無理だと思うからでしょうね」

「なぜ、不可能だって思っちゃうんでしょうか」

「やっぱり、恐ろしいからでしょ」

「何が、恐ろしいのかしら。人を殺すということへの恐怖感、たとえば血を見ることが恐ろしいとか……」

「それだったら、血を見ないような方法で、殺せばすむことだわ」

「そうですよね」

「自分が手を下して殺すことだけが恐ろしいんなら、誰かに頼んで殺してもらえばいいわけでしょ」

「殺し屋ですか」

「殺し屋なんてものは実際に存在しないでしょうけども、いまは謝礼をもらえるんだったら殺人も引き受けるっていう人間が、身近にだっている世の中だわ」

「問題は、金額でしょうね。大金を積まなければ、引き受けてもらえない。でも、わたしたちには何千万円という謝礼は、とても払えない」

「それなら何千万円も出せる人は、みんな殺したい人間を殺してもらっているってことになるわ」

「奥さまだったら、お出しになれるでしょ」

「ですけど、わたくしはいまだに殺したい相手を、殺してもらってはおりませんことよ。殺してやりたい相手は、いまだって海外旅行を楽しんでいるわ」

「お金で人殺しを引き受けるような人間は、信用できないからなんでしょうね。殺人を依頼したこっちの弱みにつけ込んで、いつまでもお金を要求し続けるんじゃないか。死ぬまで、脅迫されるんじゃないか。そういう不安があって、お金で人殺しを頼むってことにも、二の足を踏むんだわ」

「結局、バレるってことが、恐ろしいからでしょ。犯罪が発覚して、自分が逮捕されるんじゃないかっていう恐怖なのよ。その恐怖のために、どんなに殺したい人間がいても、わたくしたちそれを実行に移さずにいるんです」

「なるほど、論理的な分析だわ。そうね、きっとそうね」

「その証拠が、完全犯罪なのよ」

「完全犯罪……」

「絶対に自分の犯行であることがバレない、つまり完全犯罪だという保証があれば、ずいぶん大勢の人が殺したい人間を殺すことになると思うわ。わたくしだって、実行しているでしょうね」

「うん。絶対にバレないという保証があれば、それは罰せられない行為と同じなんだから、恐怖なんて感じませんね。そうなれば、誰にだって人が殺せる」

「国から命令されて、任務を遂行《すいこう》するという合法的な殺人だったら、誰もそんなに恐れないでしょ」

「そうよ。絶対にバレない殺人、完全犯罪を成立させればいいんだわ」

「ただ、その完全犯罪っていうのが、ほとんど不可能ってことなのよ」

サンドイッチを食べながら、千都は水割りのコップを口へ運んだ。

「いいえ、ひとりでやろうとするから、完全犯罪が困難になるんです。いまここにいる四人が協力し合ったら、完全犯罪は決して不可能じゃありません。わたしたちはどんなことだろうと、協力し合える仲なんですしね。さいわいなことに、わたしたち四人の関係を知る者はこの世にひとりもおりません。このホテルの従業員だって、いまわたしたちがこうして一堂に会しているなんて、夢にも思っていないんですよ。この四人の秘めたる関係を利用すれば、完全犯罪だって可能になるんじゃないでしょうか」

ミユキは真摯《しんし》な眼差しで、ほかの三人の女たちの顔を見渡した。

千都は、黙っていた。ミユキが本気で熱弁をふるったことに、千都は気がついたのであった。ミユキは、酔っている。だが、酔っぱらってはいない。ミユキは、真剣なのである。

「わたしたちは、片山安次郎という人を死に追いやりました。今後、良心の呵責《かしゃく》に耐えるんだったら、どうせのことです。実際に人を殺したって、いいんじゃないんですか」

中学校の社会科の教師は、講義とアジテーションをまじえた口調になっていた。

8

初めはやはり、真面目になって聞く耳を持たなかった。中林千都、森下芙貴子、それに奈良井律子はあきれたような顔で、倉持ミユキを見守っていた。

倉持ミユキは、ふざけているわけではない。決して酔っぱらって、愚にもつかないことを放言しているのでもない。倉持ミユキは真剣なのだと、そこまではわかるのである。しかし、アルコールが回ったうえでの真剣さだろうと、どうしても受け取りたくなるのだった。

相手は、中学校の教師ではないか。教育者たるものが、本気で殺人計画を提案するはずはない。と、そういう先入観も三人の女は、払拭《ふっしょく》できずにいる。

明日になれば、昨夜の話はどこへやらという倉持ミユキでいるのではないか。あるいはそれ以前に熱弁をふるったあと、いかがでしたか、おもしろい話だったでしょうと、倉持ミユキは拍手を求めるかもしれない。

そのような疑いも、捨てきれないのであった。実感が伴わないということも、三人の女をそっけなくさせていた。何しろ、殺人なのである。恐怖感は別として、違う世界の出来事としか考えられない。

実行は、不可能に決まっている。可能でないことには関心がないのが、現実的な女の常であった。実感が湧かないのは当然であり、教師として非常識だという感想が先行する。

それで、あっけにとられることになる。

だが、次第に三人の女は、倉持ミユキの話に引き込まれていった。倉持ミユキの熱心さに加えて、巧《たく》みな話術というものがあった。それがクルマの両輪となって、迫力を増すことになるのである。

最初に、中林千都が身を乗り出した。中林千都は、サンドイッチに手を出さなくなっていた。森下芙貴子や奈良井律子よりも、中林千都は長い人生を経験している。

それで、この話には耳を傾けるだけの価値があるかどうかを、判別する能力にしても、若い人間より磨きがかかっているのだ。長く生きている者の分別、というものである。そんなことは不可能だと、単純に決め込んでしまわない。

たとえば、中林千都がある人間に対して殺意を抱いたとする。人生が長くなれば、それだけ殺意を引きずって生きる期間も長くなる。その分だけ殺意は膨張し、目的を遂げることに執念を燃やす。

しかも中林千都は、人間が殺したい相手を殺さずにいるのは罪の発覚を恐れるからだ、完全犯罪が可能ならば殺人を実行に移すだろう、という分析まで立派に確立させている。そうした中林千都が倉持ミユキの提案を真剣に受け入れるのは、当たり前のことだといえるかもしれない。

「この四人の秘めたる関係を、どのように利用したら、完全犯罪が可能になるっておっしゃるんですか」

ついに、中林千都は質問した。

発言することは、ただの野次馬《やじうま》ではいられないという気持ちの表われであった。

「交換殺人というのを、ご存じでしょ」

倉持ミユキの表情は固く、怖いような顔になっていた。

ニコリともしないし、目がすわっている。酔っているからではなかった。中学教師は、犯罪計画について説明する犯罪者に、なりきっているのだった。

「推理小説のトリックとしてなら、交換殺人というのを知っておりますけど……」

中林千都は答えた。

自分たちも同じくだというように、森下芙貴子と奈良井律子がそろってうなずいた。

「まったく未知の人間同士が、お互いに殺したい相手を交換して殺人を遂行する。それが、交換殺人ですね」

倉持ミユキはまたしても、複数の相手に言って聞かせるという教師の話し方になっていた。

「両者ともに殺人犯になるので、どっちかが弱みを握られるということにはならない。フィフティーフィフティーの立場にあって、再び永久に未知の間柄に戻る。だからお互いに、憂《うれ》いをあとに残さずにすむっていうことなんでしょ」

中林千都は、コーヒーを飲むようになっていた。

「それに、双方とも完璧なアリバイを、作るってことができます。お互いに実行犯としては、無縁の相手を殺すんですから、殺人の動機というものもありません。それで、完全犯罪になるんです」

倉持ミユキは、胸を張った。

「交換殺人というのはよくわかりましたけど、それをわたくしたちにどう当てはめるんですか」

「その前に、交換殺人は完全犯罪になる確率が、もっとも高いんだという認識を、持っていただきたいんです」

「でも、交換殺人は推理小説のトリックなんでしょ」

「とんでもない。現実に安全な殺人手段として、多く用いられていますわ」

「そうかしら」

「特に欧米では、交換殺人が多いそうですね。日本でも交換殺人は、実際に行なわれた例があります」

「でも、それは発覚したからこそ、交換殺人であることが明らかになったんでしょ。そうなると、完全犯罪となる確率も、あまり高いとは言えないんじゃありません？」

「いいえ、そんなことありませんわ」

「でしたらどうして、発覚することになりますの」

「それは、ミスを犯すからでしょうね。交換殺人の条件を完全に守りさえすれば、発覚する恐れはないはずです。これまで未解決のままでいる多くの殺人事件にしても、そのほとんどは交換殺人によるものかもしれませんでしょ」

「結構です。ここでは、そういうことにしておきましょう」

「そこで、わたしたちは四人で交換殺人をやりましょう、という提案なんです」

「四人で……！」

「ご承知のとおり、交換殺人というのは普通、二人でやることになっています。二人が互いに、殺人を交換するんですからね。でも、それを四人でやれば、より複雑な仕組みになるでしょう。複雑になれば、それだけ事件の全貌《ぜんぼう》が読み取りにくく、捜査が困難になり、完全犯罪の確率も絶対っていうことでしょう」

「四人でやる交換殺人って、どういうことになるのかしら」

「わたしたち四人には、それぞれ殺したい人間がいます。それに、わたしたちは今日まで、まったく未知の人間同士でした。わたしたちの人生には、どこにも接点というものがありません」

「それはまあ、確かですわね。このままチリヂリになれば、今後も未知の人間同士ってことでしょ」

「ですから、交換殺人の条件にぴったりなんです。この四人の秘めたる関係を利用すれば、完全犯罪は絶対に可能です。しかも、わたしたち四人は全員が、片山安次郎さんをみすみす見殺しにしたという十字架を背負っています。そうした意味でもわたしたちの結束は固く、誰かが脱落するという心配もありません」

「四人の交換殺人の役割り分担というのを、具体的におっしゃってみてください」

「これはたとえばですけど、奥さまが死んでくれと願っておいでの相手をわたしが殺します」

「ええ」

「わたしが、その死を切望している人間を、奈良井さんに殺してもらいます。奈良井さんが消したがっている人間を、森下さんが殺します。そして、森下さんが殺意を抱いている相手を、奥さまが殺すっていうことになるんです」

「なるほど、ひとつの輪になるのね」

「そう、輪舞《りんぶ》です」

「確かに複雑すぎて、世間から見たら何が何だかわからなくなるでしょうね」

「四人の人間が殺されるだけで、誰がどういう動機で殺したかなんて、こんがらかった糸みたいになりますよ。殺す動機があって、犯人はあれしかいないって目をつけられる人間には、完璧なアリバイがあるんですから……」

「殺す場所を、限定する必要があるわ。犯人として疑われる人の生活区域から、遠く離れたところで殺人を行なわないと、完璧なアリバイが成立しませんものね。森下さんの標的だったら、福岡から遠く離れた東北とか北海道とかを犯行の場所にする。逆に倉持さんの標的は、九州のどこかを犯行の場所に選ぶのよ」

「そうですね。ですから犯行に期限を定めて、必ずその間に実行しなければならないんです。それでその期間はできるだけ、自分の生活区域から離れないようにするんです」

「ずいぶん、具体的になって来たわね。何だか現実のこととして、やれそうな気がして来たわ」

笑いのない顔で、中林千都は肩を震わせた。

もはや言葉だけで、楽しんでいる段階ではなくなったのだ。空想でもなければ、架空の話でもない。実際に今後の歩むべき道として、青写真がはっきりと浮かび上がって来たのである。

実感が湧いて来た、ということなのだろう。中林千都は、そのための武者震《むしゃぶる》いをしたのに違いない。奈良井律子も、他人事のように聞いてはいられなくなって、緊張感を覚えていた。

「いかがでしょうか、みなさん。ひとりでも、そういう気はないって人がいらっしゃれば、この計画は成り立ちません。全員が賛成かどうかを、いまから五分以内に決定していただきます」

議長よろしく、倉持ミユキは手でテーブルを叩いた。

全員が、時計に目を落とした。五分間という時間が、何時何分までかを見定めたのであった。おやっと思うような静寂が訪れて、四人の女たちは沈思黙考《ちんしもっこう》を続けた。

倉持ミユキは、目を閉じている。

中林千都は、天井を見つめている。

森下芙貴子は、顔を伏せている。

奈良井律子は、深呼吸を繰り返している。

あっという間に、五分が経過する。

「はい、五分たちました。結論を、おっしゃってください」

倉持ミユキの声が、凛《りん》として響いた。

あとの三人の女は、ハッとなって倉持ミユキに注目した。

「わたしの結論は、イエスに決まっております」

凄《すご》みのある目つきで、倉持ミユキは言った。

「そうね。わたくしたちには、死にかけている人間を見殺しにしたという共通の弱みがあるし、そのために不思議な縁ってこともあって結束しているんですものね。これを機会に生まれ変わって、もっと愉快に暮らしたいっていう気持ちにもなるわ」

中林千都は、初めにそう発言した。

口調はしんみりとしているが、説得力のある賛成意見であった。迷っている者も気を取り直し、躊躇《ちゅうちょ》してはいられなくなりそうだった。そのくらいに、中林千都の言葉には重みが感じられたのである。

「でしたら、中林さんは……」

倉持ミユキが、念を押した。

「わたくしの答えも、イエスですわ」

暗い眼差しで、中林千都はうなずいた。

奈良井律子は、自分がいかなることを決定しようとしているか、という自覚がまだ稀薄《きはく》であった。ひとつには、どことなくピンと来ていないせいだろう。だが、決めなければならないのだ。

要するに、思いきって答えを出せばいいのではないか。あとはどうにでもなると、奈良井律子は自分に言い聞かせた。中林千都に引きずられて、清水《きよみず》の舞台から飛び降りるようなものだった。

「奈良井さんは、いかがですか」

と、倉持ミユキの質問が、遠くのほうで聞こえた。

「イエスです」

奈良井律子は、姿勢を正して倉持ミユキを見据えた。

やはり、背筋を悪寒《おかん》が走ったのである。

「森下さん、最後ですけど……」

倉持ミユキは、森下芙貴子に目を転じた。

森下芙貴子は、恐る恐るという感じで顔を上げた。無表情だが、不安に心が凍りついていることは、明らかであった。目つきも何となく弱々しいし、唇の端に小さな痙攣《けいれん》が起こっている。

奈良井律子は、聞き耳を立てた。森下芙貴子ひとりでも反対すれば、話はすべてご破算になる。森下芙貴子がノーと答えてくれたら、という期待が奈良井律子の胸のうちにはあったのだ。

「同意します」

小さな声で、森下芙貴子は言った。

奈良井律子は、溜息をついた。身体の力が、抜けていくようだった。

「全員賛成ですので、これで決定ということになります。あとは計画を完全なものに練《ね》り上げるために、全員での話し合いに移ります」

倉持ミユキは、長い髪の毛を背中で躍《おど》らせた。

まずそれぞれの告白から、始めなければならなかった。どのような事情があって、どういう関係にある人間を殺さずにはいられないのかを、中林千都、倉持ミユキ、奈良井律子、森下芙貴子の順で述べることになった。この告白大会に、二時間が費やされた。

そのあと、誰が誰の標的を受け持つかという組み合わせを、話し合いによって決定した。いちおう、次のような組み合わせとなった。

中林千都の標的は、倉持ミユキが受け持つ。犯行の場所は、関東地方以外とする。

倉持ミユキの標的は、森下芙貴子が受け持つ。場所は東海、近畿地方以外とする。

森下芙貴子の標的は、奈良井律子が受け持つ。場所は九州、中国地方以外とする。

奈良井律子の標的は、中林千都が受け持つ。場所は、関東地方以外とする。

それから、標的について詳しい紹介が行なわれた。氏名と住所、年齢、職業と勤務先、過去の経歴、家族構成、交友関係、趣味嗜好《しこう》、性癖、行動範囲、身長体重と容姿の特徴などを、それぞれが正確に説明した。そのうえで四人は、五つの約束を守ることを誓い合った。

1　標的に関してはしっかり記憶したのちに、必ずメモを焼却すること。

2　互いに会ったり、行動をともにしたりしないこと。

3　緊急連絡で電話することはやむを得ないが、不在の場合の伝言は避ける、偽名を用いる、電話の回数は二度までとする。

4　実行期限は、三カ月以内とする。

5　十一月一日に、四人とも再びこのホテルに宿泊する。

以上のような北国での謀議は、夜明けとともにすべて終了した。

二章　東の失踪《しっそう》

1

ローヤル・スィートを出て、ひとりずつ自分の部屋へ引き揚げて行く。四人の女は、見も知らない旅行者同士に、戻ったのである。森下芙貴子は、睡眠をとらないということだった。

一睡もしないままに、ホテルを出るのであった。レンタカーを返したその足で、福岡へ帰ることになるという。若いうちは、そうした無理が利《き》く。

倉持ミユキは三、四時間眠ったあと、平泉へ向かうそうである。午前中には、ホテルを出ることになる。午後になってからは、中林千都が出発する。中林千都は、新幹線で帰京するのであった。

　奈良井律子だけが、盛岡セントラル・ホテルに残る。陸中海岸の宮古に二泊して、明日には東京へ帰るというのが奈良井律子のスケジュールだった。

一泊はすでに、盛岡セントラル・ホテルに泊まって消化している。もう一泊すれば日数のうえで、宮古に二泊したのと同じことになる。そこまで帰京のときを、予定に合わせなければならないということはない。だが、一日早く東京へ帰ったところで、大した意味はなかった。

　それに中林千都という道連れがいるなら、東京まで一緒の新幹線に乗っていってもよかった。しかし、行動をともにすることは、いまから禁じられている。

　それならば、何も帰京を急ぐ必要はない。奈良井律子はゆっくり休むためにも、盛岡セントラル・ホテルにもう一泊することにした。カーテンを引いて部屋を暗くし、律子はベッドにはいった。

　それから八時間は、眠った計算になる。目を覚ましたのは、午後三時であった。このホテルには、奈良井律子しかいない。森下芙貴子は花巻から、大阪経由の空路で福岡へ帰ると言っていた。おそらくいまごろは、西の空を飛んでいるのに違いない。

　倉持ミユキは、平泉の観光を楽しんでいるだろう。中林千都を乗せた新幹線は、仙台のあたりを走行中なのではないか。三人とも、遠くにいる。そのことが、律子には心細かった。

それにしても、恐ろしい約束を交わしてしまったものである。あの場の雰囲気は、人間を押し流さずにはおかない激しい川瀬になっていたのかもしれない。

われもわれもという群集心理、あるいは自分だけ乗り遅れまいとする仲間意識に、逆《さか》らえなかったのだろう。同じ十字架を背負っているのだから、ひとり裏切るのは許されないという気持ちも働いたらしい。そうでなければ、魔がさしたのだ。

いずれにせよ、この恐ろしい企《たくら》みは、大それたことを通り越している。人殺しを依頼する一方で、殺人を引き受けたのである。殺人を依頼し、同時に殺人の実行犯にもなる。二つの殺人事件の犯人になるのだった。

いまになって、キャンセルできることではなかった。

自分だけ、身を引くということも不可能であった。殺人を実行しなかったとしても、殺人を依頼したことで罪に問われる。一蓮托生《いちれんたくしょう》の四人なのである。

だが、人間とは実に、奇怪なものだった。誰だろうと、死を願う人間がひとりもいない、と言えば嘘《うそ》になる。殺したいと思う相手が、ひとりは必ずいる。まさに、そのとおりであった。

しかも、たまたま知り合った四人にもそろって、殺意の対象になる人間がひとりずついたのだった。それも、単に死ねばいいという願望を抱いていると、そんなに生易《なまやさ》しいものではなかった。

一日でも早く消してしまいたい、何とかあいつを消滅させる方法はないものか、死なない限り許せない、殺してやりたいと常々、念じている。毎日、悪魔の声を聞いている。執念を捨てきれない。

そこまで殺意を熱くさせる相手が、ちゃんとひとりずついたのであった。それが、偶然の符合とは思えない。やはり誰の人生にも、苦しめられたり不幸にさせられたり、邪魔になったりする人間が、ひとりは登場してくるということなのだろう。

律子は、深夜に及んだ女たちの告白を、思い出していた。その中でも倉持ミユキの告白が、もっとも衝撃的だったような気がする。教育者のくせにどこまで堕落するつもりかと、あきれたり義憤を感じたりしたせいかもしれない。

最近は、教師の不行跡《ふぎょうせき》が珍しくなくなった。夫婦と独身の三人の教師が、三角関係のもつれから傷害事件を引き起こしている。倉持ミユキの場合は、ややそれに似ていた。教師も人間だというが、人間以下のような気がしないでもない。

倉持ミユキは、六年前に結婚している。

ミユキが二十九歳のときだから、早い結婚ではなかった。ミユキに言わせると、中学校の教師をやめるつもりがなかったこと、妻子ある男と恋愛したことの二点が、婚期を遅らせる結果になったという。

夫の倉持昌彦《まさひこ》は、三十一歳だった。

四つ年下の亭主である。

見合いではないので、恋愛結婚ということになる。

「若い主人に、甘えられたんですね。甘えられることに、魅力を感じました。母性本能を、刺激されたんでしょう」

述懐の中で、ミユキはそのように弁解を試みている。

年下の夫は、依存心が強かった。主導権を妻に与えて、自分はそのあとについていく。近ごろの男には、よくいるタイプといえた。それで婿《むこ》になるということにも、抵抗感はなかったようである。

倉持昌彦は、婿であった。

倉持は、ミユキの姓ということになる。

結婚して三年目から、倉持昌彦は年下の夫の欠点をさらけ出すようになった。とにかく、頼りない。すべて妻が何とかしてくれるはずと、昌彦はミユキに寄りかかって生きていこうとする。

怠《なま》け者でもあった。宵《よい》っぱりの朝寝坊で、規則正しい生活を嫌う。一生懸命、働きたがらない。意欲、情熱、誇りにも欠けている。人生観やポリシーといったものが、まったくなかった。

その日暮らしに、満足する男だった。それでいて、食べるものだけにはうるさくて贅沢《ぜいたく》である。浮気はどうかわからないが、酒を飲むと荒れた。

酔っぱらえば、酒乱のようになる。ミユキも、よく突き飛ばされたり、湯呑《ゆの》みなどを投げつけられたりした。家の外でも乱暴を働き、ガラスを割るという騒ぎにもなる。そうした夫の尻拭《しりぬぐ》いを、ミユキは何度させられたかわからない。

ミユキは、昌彦という男が嫌いになった。母性本能を刺激されるも、甘えられる魅力も何もあったものではなかった。ミユキは夫に、愛想尽かしをしたのである。

この時点で夫婦関係は、破局を迎えていたのだ。ミユキは再三、離婚の話を持ち出した。しかし、昌彦のほうが、頑として応じない。セックスにしてもいかに拒《こば》もうと、強姦《ごうかん》と変わらない暴力によって犯される。

二年前に、ミユキには恋人ができた。

同じ名古屋市内にある私立の高校の教師で、年齢は四十だが独身であった。離婚歴があって、子どもはいない。ミユキも子どもがいないし、離婚したところでそれが引け目になることはない。

二人は、愛し合うようになった。ミユキは年上で頼もしい本物の男らしさを知ったことから、もう彼に無我夢中であった。肉体関係に発展すると、ミユキは彼なしでは生きられない女になった。

恋人のほうも、離婚をしきりとミユキに促《うなが》した。離婚が成立してから、正式に結婚するまで六カ月間は待たなければならない。四十をすぎてしまう男として、急がずにいられないのは当然であった。

ミユキは以前にも増して、昌彦に何度もしつこく離婚を要求し続けた。だが、昌彦は依然として、協議離婚には応じられないと突っぱねる。

では、裁判に持ち込めるかというと、それが難しくなっていた。恋人ができる前のミユキであれば、堂々と離婚の調停にも裁判にも臨むことができた。

しかし、いまのミユキには、肉体関係にある恋人がいるのだ。恋人はミユキの愛人と、見なされる。ミユキは人妻でありながら、不貞を働いたということにされてしまう。そのことがミユキにとって不利とされるならば、法廷に離婚訴訟を持ち込む勇気はなかった。

教師という職業からいっても、離婚訴訟は避けたいものである。

協議離婚しかない。

だが、協議離婚には昌彦が、絶対に応じようとしない。

一生いまのままでいると、昌彦は放言する。

ミユキが苦悩するのを半分、昌彦は楽しんでいるようだった。

去年の秋に、昌彦は失業した。昌彦は、一級建築士である。名古屋市の某建築事務所に、勤務していた。ところが、酔っぱらって経営者に暴力を振るったことから、昌彦は退職しなければならなくなった。

某建築事務所を辞めたぐらいでは、本来ならば完全な失業者にはならない昌彦である。二級建築士という技術者なので、その気になりさえすれば就職には困らない。しかし、昌彦はそれっきり、働こうとしなくなったのだ。

しばらく骨休めをすると称して、昌彦はずっと無職で通している。家にいてテレビを見ているか、パチンコ屋へ行くか、スナックを飲み歩くかの毎日であった。

そういう昌彦の顔を見ても、ミユキは腹が立った。

怒りを覚えた。

怒りが、憎しみになった。

ミユキは、昌彦を憎悪した。殺してやりたいと思った。殺すことを何度か、ミユキは本気で考えた。

だが、どうにもならない。

昌彦が家でゴロゴロしているようになって、間もなく一年がすぎることになる。ミユキの忍耐も、限界を超えていた。中学校という職場と恋人の存在がなかったら、ミユキはとっくに家を出ていたのに違いない。

恋人は、早く離婚をと騒ぎ立てなくなった。時期を待つしかないと、恋人も辛抱してくれているのだ。そんな恋人に、申し訳なかった。ミユキにしても、一日も早く恋人と晴れてひとつ屋根の下で暮らしたいと思うと、焦燥感に駆られて気がふれそうであった。

「実を申しますと、今度の旅行は彼も一緒だったんです。彼のほうには休暇に制限があって、遠野に二泊しただけで名古屋に帰りましたけどね。片山安次郎って人が死にかけていた事件に、どうしてもかかわりたくなかったのは、そういうこともあったからでして……」

ミユキは、そうも告白している。

ミユキが遠野と平泉へ旅行するということでも、昌彦とのあいだに一悶着《ひともんちゃく》あったそうである。旅行に、反対したわけではなかった。自分も一緒に連れて行けと、昌彦は言い出したのだった。

旅行の前半は、恋人と二人で過ごす。そういう予定でいるミユキに、もちろん承知できることではなかった。

「駄目です」

「どうしてなんだ」

「遊びじゃないからです」

「だって、旅行だろう」

「学習に役立てるために、平泉の知識を仕入れてくるんです。見学であって、観光じゃありません」

「おれが一緒だと、見学の邪魔になるっていうのか」

「わたしはあなたと、離婚したがっているんですよ。そういう男と女が、どうして一緒に旅行したりするんですか」

「そうやっておれを邪魔者扱いする限り、おれはなおさら邪魔してやるからな」

「それじゃあ、虐待行為と変わらないでしょ」

「亭主に自炊させておいて、自分は旅行を楽しんでくるんだから、いい気なもんだ。いい加減にしろ、まったく」

「あなたは、亭主でも夫でもありません」

「何だと！　あのな、虐待行為っていうのはこうするんだ！」

酔ってもいたので、昌彦は暴力を自制しなかった。昌彦は五、六発、ミユキの顔に平手打ちを喰《く》らわせた。さらに昌彦は、ミユキの腰を蹴《け》りつけた。

ミユキは、倒れながら逆上していた。もう我慢できない、殺してやると、ミユキは胸の奥で叫んだ。カッとなった頭の中で、こうなったら昌彦をこの世から抹殺《まっさつ》するほかはないと、自分に命令するようにミユキは考えた。旅行に出てからも、そうだった。気持ちに隙《すき》間《ま》が生じたときのミユキは、必ず昌彦が死んでくれるようにと祈った。

しかし、そのように身勝手な祈願が、天に通ずるはずはなかった。昌彦が病気や事故で、死亡する可能性はゼロに等しい。昌彦はミユキよりも、長生きするのに違いない。

「来年いっぱいには、結婚に漕《こ》ぎつけたいもんだね」

遠野の旅館を出るときに、恋人が遠慮がちにそう言った。

夢のようなときを過ごして、別れ際の言葉だっただけに、ミユキは悲しかった。恋人を遠野駅で見送ったあと、ミユキは六日町や早池峰登山古道跡などをたどりながら、何度も涙ぐんだ。

来年いっぱいには、結婚に漕ぎつける。そうなると今年中には、独身に戻っていなければならない。離婚が不可能だとするならば、実力行使に出るほかはなかった。

ただ単に、昌彦が邪魔だというのではない。もしそうなら、蒸発するという方法もある。昌彦は邪魔な存在であるうえに、ミユキを苦しめて楽しんでいるのだ。

そういう悪魔を、ミユキは憎悪している。悪魔は追い払って、すむものではなかった。悪魔をミユキは、殺してやりたかったのである。今年中に昌彦という悪魔を、殺さなければならない。

「遠野の愛宕神社裏の掘立《ほったて》小屋で、ひとり雨宿りをしていたときも、わたしどうして夫を殺すべきかを、雨足を見つめて考えていたんです」

ミユキは告白の最後を、そのように結んだのであった。

倉持ミユキの標的は夫の昌彦、三十一歳、二級建築士だが現在は無職。長身でスタイルがよく、甘いマスクの持ち主であることに、かなりの自信を持っている。

その倉持昌彦殺しを引き受けたのは、名古屋から距離がある福岡市在住の森下芙貴子だった。

2

何とも言えない気分である。

胸の中を、乾いた風が吹き抜けていく。そんな月並みな、寂しさではなかった。寂しさに、むなしさが加わっている。それに、焦燥感みたいなものもあって、奈良井律子を落ち着かなくさせる。

要するに、孤独なのである。

それも、センチメンタルな孤独感などではない。本物の孤独なのだ。この世にひとりだけ取り残されたように、孤独でありむなしかった。

ぼんやりしていると、居たたまれなくなる。身の置きどころがないというか、椅子《いす》にすわってもいられなかった。今後、自分はどこへ行き、どうしたらいいのかわからない、といった心境に追いやられる。

とてもこのまま、ひとりではいられない。これから、夜になる。ひとりで食事をして、ひとりでこの部屋に泊まる。明日もひとりでホテルを出て、ひとりで新幹線に乗って帰京する。

そうしたことに、耐えられるはずはない。考えただけで、絶望的になる。では、どうすればいいのか。東京から、誰かを呼ぶほかはなかった。呼ぶとすれば、友だちしかいない。

女の友だちは、もちろん何人もいる。だが、こういう場合、同性はおよそ頼りにならない。主婦というのは当然、身軽に行動できなかった。

独身の女にしても、大して変わらない。自分の恋人とか、仕事のスケジュールとか、遊びに行く約束とかを、女は絶対的に優先する。自分本位なのだ。

それだから自分も楽しんだり、自分の利益になったりすることでなければ、女の友だちは動こうとしない。女が女に利害を超えて、献身的に尽くすといったことはあり得なかった。

いまからすぐに、盛岡まで来てくれ。一緒に食事するぐらいで、お礼は何もできない。明日には、東京へ帰る。とにかく寂しいので、そばにいてほしい——。

このような連絡を入れたら、おそらく誰も相手にしてはくれないだろう。あれこれと口実を設けて、断わるに決まっている。馬鹿馬鹿しいと、電話口で顔をしかめるに違いない。

「何を甘ったれたこと、言っているのよ。あなたがさっさと、東京へ帰ってくればいいじゃないの」

はっきりとそう言って、拒否する人間もいるはずだった。

女とはそのように、現実的で薄情なものである。そこへいくと、男のほうがはるかにわかりがいい。人間の心理、人生の機微《きび》、哲学、ロマンチシズムといったことを男は理解している。

それに包容力があって、義侠心《ぎきょうしん》に富んでいる。何だか知らないけど、そこまで出向いてやるか、という遊び心も男にはある。女と違って、男には心の余裕があるのだ。そのうえ男には、女に頼まれるといやとは言えない気弱さがあった。

律子にも、ボーイフレンドは何人かいる。そのうちの誰かを、選んで連絡すればよかった。誰でもいい、というわけにはいかない。女とは身勝手なもので、こんな場合にも条件をつけたがる。

律子に妙な下心があって、飛んでくるような男では駄目。

紳士であること。

経済的に、ゆとりのある男。

一緒にいて、楽しい男。

後腐《あとくさ》れがないこと。

ルックスがいい男。

実に贅沢な注文だが、そうした条件にぴったりの男がひとりだけいた。律子にとっては、長年のボーイフレンドだった。律子はいろいろと世話になっているが、そのことを意識しないですむ男である。

多門不二男《たもんふじお》、四十六歳。

多門陶器の常務取締役であった。多門陶器は地味な会社だが、洋食用の食器類を製造販売していて、国内市場のシェア六十パーセントを占めるという安定企業だった。

歴史も古い同族会社で、父親が会長、叔父が社長のポストについている。お情《なさ》けで重役にしてもらったのだし、暇を持て余している常務だ、というのが多門不二男の口癖であった。

しかし、なかなかの実力者らしいし、趣味として小説も書くという変わり者である。人間に幅があって、奥行きも深い男であった。海外生活が長く、粋《いき》でスマートで味のある人物と、多門不二男は評されている。

紳士であって、ルックスもいい。冒険心が強くて、何事にも好奇心を発揮する。世話好きであることで、人生を楽しんでいるようなところがあった。

律子に対しては、むかしから好意的だった。東京プリンセス・ホテルの地下で、律子がフラワーショップを営業できるようになったのも、多門不二男の援助と尽力が大きかった。

そこまでしてくれているのに、多門不二男は律子に代償を求めなかった。ただ単に律子のことを気に入っているのか、あるいは女と見て庇護《ひご》したがっているのか、その点はまったくわからない。

いまだに多門不二男は、律子のボーイフレンドの域を出ていない。もっとも妻子がいることだし、多門不二男は安易な女関係を避けなければならない立場にあるのだ。律子のほうにも、十七も年上なのだからという安心感があった。

多門不二男に来てもらうことを、律子は勝手に決定した。

ベッドの中から、電話機へ手を伸ばす。多門陶器の東京本社に電話を入れる。多門常務の直通電話の番号は、律子の記憶に刻み込まれている。

「多門常務です」

女の声が、電話に出る。

常務室にいる秘書だった。

「奈良井と申しますけど、常務さんをお願いします」

多門不二男がいてくれますようにと、律子は神に祈った。

「少々、お待ちください」

秘書が、そう言った。

多門不二男は会社にいた——と、ホッとした律子の身体から力が抜けた。

「よう、珍しいね」

多門不二男の笑った声が、快《こころよ》く聞こえて来た。

「ご無沙汰《ぶさた》しております」

律子は思わず、頭を下げていた。

「お互いさま」

多門不二男は常に、闊達《かったつ》で明るかった。

「突然お電話して、ごめんなさい」

多門の声が懐《なつ》かしく感じられて、律子は涙が出そうになった。

「水臭いことを、おっしゃいますね。律子ちゃんからの電話なら、いつだって大歓迎ですよ」

「ありがとうございます」

「あれっ、泣いているのかい」

「いいえ……」

「どうしたんだ、何かあったのかな」

「今日の常務さんのスケジュール、びっしりなんですか」

「おれはいつだって、暇を持て余している男だよ」

「ほんとうに、お暇があるんでしょうか。でしたら常務さんに、ものすごく勝手なお願いがあるんですけど……」

「たとえ予定が決まっていても、律子ちゃんのためならそんなもの、いくらだってキャンセルしますよ。それで、どうすればいいんだろう」

「いまからすぐに、いらしていただきたいんです」

「どこへ？」

「盛岡なんです」

「じゃあ、岩手県だ」

「いま、盛岡セントラル・ホテルにいます。昨日から岩手県へ来ているんですけど、わたしちょっと変なんです」

「変って、どう変なんだ」

「寂しくて、どうしようもなく寂しくて……。ひとりでいたんでは、逃《のが》れようのない孤独を感じちゃうんです」

「じゃあ、おれがそっちへ行けば、何とかなるっていうんだね」

「常務さんが、お話の相手をしてくださったら、それだけで救われます」

「それで、帰りの予定はどうなっているんだね」

「明日には、東京へ帰ります。ですから常務さんには、東京へ連れて帰っていただくみたいなことになるんですけど……」

「おれは律子ちゃんを、盛岡まで迎えに行くってことなんだな」

「申し訳ございません。突拍子《とっぴょうし》もないわがままを、申しまして……」

「どういたしまして。人間には、いろいろなことがあるもんだよ」

「わたしほんとに、どうかしているんですわ」

「とにかく、できるだけ早くそっちへつくようにします」

「お願いいたします。時計を見ながら、お待ちしていますから……」

律子は、また泣き声になっていた。

「じゃあ、すぐに出発するから……」

多門不二男は、電話を切った。

多門らしく、即決であった。相手が律子だからというのではなく、いかなるときも行動的な多門なのである。しかし、いまは自分のために多門が動いてくれるように思えて、律子は嬉《うれ》しかった。

やはり、男は違う。自分のことは二の次にして、利害を無視して、余分な穿鑿《せんさく》もしないで、女の頼みを聞き入れてくれる。遠く盛岡まで律子を迎えに来るつもりで、多門不二男は飛んでくるのであった。

それに引き替え、女はどうしようもない甘ったれで、わがままで、自分勝手な生きものだと、律子も反省せずにいられなかった。何もかも自業自得、身から出たサビなのに、平気で人に迷惑を及ぼす。

徹底した自己中心であった。

その証拠に反省したのも束《つか》の間《ま》のことで、多門不二男は何時ごろ到着するのかと、律子は早くもイライラし始めていた。待つとなると、時間は何倍も長く感じられる。律子は、頭をかかえた。

人間にはなぜ、殺したくなる相手がいるのだろうか。いったい誰が、殺すということを考えついたのか。どうして、殺意といったものが湧《わ》き出るのか。

それらもすべて、自己中心なるがためなのだ。自分のためを考える。自分のためにならない人間、あるいは自分のためにならなかった人間を、抹殺したくなるのであった。

自分のためにならなかったとなれば、それは過去のことである。特に現在は、邪魔な存在になっていない。今後も、害になるようなことにはならない。

それならば、もういいではないか。無関係な相手として、知らん顔でいればいい。むかしのことは、忘れればすむのだった。ところが、人間にはそれも許せないという感情がある。

過去において自分を苦しめた、裏切った、不幸にした。そのことが、いまも尾を引いている。だから、心の傷を癒《い》やすために、怒りと恨《うら》みを和《やわ》らげるために、死という罰を加えてやりたい。

報復、復讐《ふくしゅう》であった。

憎悪の対象を、この世から消し去りたい。

天に代わって、処刑する。

実に馬鹿げたことだが、律子がそういう復讐の鬼になっている。ちょうどいまから一年前に律子を裏切り、気がふれそうになるほど苦しめた男がいる。

律子が報復として殺したいと願うのは、その男なのである。許せない。憎くて、生かしてはおけない。だから律子は、その男を殺したいのであった。

その男の名前は、綿貫愛一郎《わたぬきあいいちろう》としかわかっていない。

多分、偽名だろう。

年齢三十七歳、金沢《かなざわ》市出身、国立大学の医学部中退、医療機器具販売会社勤務、独身、とすべて自称である。おそらく、それらの大部分が、詐称《さしょう》と嘘に違いない。

軽率だったと何度、悔《く》いたことか。軽率という意味は、綿貫愛一郎と乗り物の中で知り合ったことにあるのだ。乗り物の中で話しかけてくるような男と、親しくなる女はやはり『お軽い』の誹《そし》りを免《まぬが》れない。

一昨年《おととし》の十一月に大阪から東京へ向かう飛行機の中で、律子は綿貫愛一郎と知り合ったのであった。それも、ただ隣り合わせの席にすわった、というだけのことからなのである。

綿貫愛一郎が、いわゆる好みのタイプだったことも、いけなかったといえるだろう。律子の初恋の男が、大人になって目の前に現われたような気がした。

律子は、無関心ではいられなかった。魅力的な人だと内心、律子は思い続けた。こういう人が知り合いにいたら、たちまち恋愛関係になるだろうと、そんなことまで律子は漠然と考えていた。

そうしたときに、その男が話しかけて来た。冷《ひ》ややかな態度でいろと、注文するほうが無理であった。自制しながらも、律子は楽しくなった。

十五分もすぎないうちに、律子は男と顔を近づけ合って、話し込むようになっていた。男の話術は、素晴らしかった。ウィットに富んでいて、通俗的なことから芸術論議まで、何を聞いてもおもしろい。

話題も豊富なうえに、女心をくすぐるようなやりとりが巧《たく》みだった。男の低音にも、律子は痺《しび》れた。退屈させられなかったし、律子はこの男に魅せられているという自覚さえ、持たずにいられなかった。

夜の羽田についても、律子はさっさと別れる気になれない。それで誘われるがままに、律子は男と一緒のタクシーに乗った。タクシーの中で、名刺を交換した。

東京プリンセス・ホテルまで、律子は送ってもらった。男はタクシーを降りることもなく、あっさりと律子の目の前から消えた。そんなところも、女に肩すかしを食わせるようで、憎いやり方だった。

その夜、綿貫愛一郎のことが、律子の頭を去らなかった。翌日になるといっそう、綿貫愛一郎のことが思い出されてならない。もう一度会いたいという気持ちを、律子は捨てきれなくなる。

次の日には、このままで終わらせたくないと、焦《あせ》りが生じた。さらに二日たって、律子は会いたい会いたいの一心になった。電話をかければいいのだが、名刺にあるのは勤務先の医療機器具販売会社であった。

勤務先に電話をするのは、迷惑だろう。それに女のほうから電話をかけるのはどうかと思うと、律子は迷ったり諦《あきら》めたりを繰り返していた。

だが、次第に耐えられなくなる。

そんなときになって、東京プリンセス・ホテルの『アップリケ』に、綿貫愛一郎から電話があったのである。

さんざん焦《じ》らしておいて、うまいタイミングで電話をかけてくる。律子としては、目を輝かさずにはいられない。目の前が、明るくなった。

そのような律子が、綿貫愛一郎の誘いを断われるはずはなかった。二つ返事で、律子は応じた。赤坂プリンセス・ホテルのレストランで、綿貫愛一郎と律子は食事をした。しかし、食事だけのデートに終わり、またしても綿貫愛一郎はあっけなく律子に背を向けたのだった。

3

律子には、未練が残った。次回の約束が決められているので、ヤキモキすることはないが、何とものたりない。そのものたりなさが、律子の思いを熱くさせる。

同時に、綿貫愛一郎が馴《な》れ馴れしくしないことで、律子は彼を信頼するようになった。安直に二人きりになろうと仕掛けたりする男を、女は軽蔑《けいべつ》し警戒もして、せっかくの熱も冷めることになる。

その逆の男には誠意を感じ、むしろ二人きりになれるときを求めようとする。そういう女の心理を、綿貫愛一郎はうまく操《あやつ》ったのだろう。

以来、二日か三日置きに、綿貫愛一郎と律子はデートを重ねた。

最初の三回までは、食事だけであった。

四回目からは食事のあと、同じ赤坂プリンセス・ホテルのバーで飲むようになった。一緒にいる時間も、少しずつ延長される。綿貫愛一郎の口から、甘い言葉がこぼれるようになる。

律子は酒のほかに、その言葉にも酔った。手を握り合う。腕を組んで歩く。律子の車の中で、唇を重ねる。そうした男女の仲に発展していくのが、律子には当たり前のように感じられた。

十二月の半ばに綿貫と律子は、ついに赤坂プリンセス・ホテルに一泊した。初めて、肉体関係を持ったのである。それからは律子のほうが、より積極的になった。

年末は三日に一度の割りで、ホテルに泊まった。律子はもう、綿貫に夢中であった。ホテルで朝を迎えても、律子は綿貫から離れたくなかった。

間もなく、正月である。年末年始を律子は、ひとりマンションで過ごさなければならない。味気なく、寂しかった。綿貫と一緒のときと比べると、天国と地獄のような違いだった。

年末年始もずっと、綿貫と一緒にいたかった。一週間も綿貫と会わずにいたら、どうにかなってしまうような気がする。絶対に、離れたくない。何が何でも二人きりでいたいと、このときの律子も自己中心の塊《かたま》りになっていた。

「お正月、どこかへいらっしゃるの」

律子は朝のベッドの中で、綿貫愛一郎の胸にすがった。

「外国へ行く気でいたんだけど、どこも日本人でいっぱいらしいんで、やめちゃったんだ」

綿貫は、律子を抱きしめた。

「外国へ行くのに、ひとりのはずはないわね」

律子は綿貫に、裸身を押しつけた。

「そんなことないさ」

綿貫は律子の尻を、曲線をたどるように撫《な》で回した。

「誰と一緒に、行くつもりだったの」

「ひとりでだよ」

「嘘でしょう」

「むかしからおれは、ひとり旅が好きなんだ」

「駄目、ひとり旅なんて絶対にさせないから……」

「いまだったらもちろん、律子を一緒に連れて行くけどね。正月は海外で過ごそうって考えたのは九月なんだから、まだ律子とは知り合ってもいなかった」

「じゃあ、お正月どうなさるの」

「東京にいるさ、寝正月でね」

「金沢へは、お帰りにならないの」

「金沢には親戚《しんせき》だけで、肉親がいないからな。もう、帰省するっていうほどの郷里では、なくなっている」

「国内の旅行も、なさらないの」

「おれは、独身だからな。国内のひとり旅じゃあ、正月のホテルや旅館は受け入れてくれないよ」

「わたしと、同じなのね」

「律子も、行くところがないの」

「肉親が待っていてくれる田舎《いなか》なんて、わたしにはないんですもの」

「やっぱり、寝正月か」

「ねえ、愛一郎さん」

「うん」

「わたし、あなたと離れていたくないの」

「同じ気持ちだよ」

「わたしお正月を、あなたと一緒に過ごしたいの」

「そいつは、いい考えだ」

「ほんとに、そう思う？」

「だって、律子もおれもひとりで東京にいて、別々に寝正月をするってことはないだろう」

「そう、そうなのよ。じゃあ、これで決まりだわ」

「どう、決まったんだ」

「わたしのマンションへ、愛一郎さんいらして」

「律子のマンションで、正月を迎えるとは素晴らしい」

「ねえ、そうしましょう」

「きみさえ、構わないんだったら……」

「わたしは、大歓迎よ。ううん、いらしてくださらなきゃ、わたしいやなの」

「大晦日《おおみそか》からだね」

「十二月三十日から、一月四日までよ。つまり今夜から、わたしのマンションへいらっしやるのよ」

「年末年始の同棲《どうせい》だな」

「違うわ、新婚さんのお正月よ。ねえ、いいでしょう」

「お邪魔するよ」

「そんな言い方、いやだわ。わたしの旦那《だんな》さまなんですもの」

「好きだよ、律子」

綿貫愛一郎の手が、律子の下腹部を愛撫《あいぶ》した。

「わたしもよ。世界中で、いちばん愛しているわ」

綿貫のうえにのしかかるようにして、律子は荒々しく唇を求めた。

このときの律子の思いつきも、軽率にすぎたといえそうだった。いったん同棲してしまうと、それを解消することは難しい。愛している男と一緒に住むのだから、それを短期間で打ち切ることはできなくなる。

律子は買って間もない目黒区青葉台のマンションで、綿貫愛一郎と二人きりの年末年始を過ごした。それは律子にとって、まさに蜜《みつ》のような生活であった。

それに2LKのマンションは、律子ひとりで住んでいるよりも、二人暮らしのほうが向いていた。家らしい温かみが感じられて、落ち着ける雰囲気になった。

不自由するほど狭くはなく、むしろ遊んでいるスペースがなくなる。いかにも新婚家庭という明るさと、甘いムードに満たされる。楽しいわが家が、自然に形作られる。

どこにいても、会話がある。二人で風呂にはいれば、浴室には笑い声が響く。寝室は急に、なまめかしくなる。台所も、使い甲斐《がい》があった。律子の気持ちの張り合いが、何倍にもふくらんだ。

そのように幸福の家となったマンションから、綿貫が出て行くことに律子が耐えられるはずはなかった。年末年始とかは関係なしに、このままの同棲生活をいつまでも続けたくなる。

律子は、綿貫と一緒に住むことを望んだ。この蜜の味を知ってしまえば、今後ホテルで愛し合うことがむなしく思えてくる。それに、どうせ結婚するのだから、という気持ちも作用していた。

綿貫にも、異論はなかった。

同棲生活が始まった。二月になって、律子は妊娠したことを知った。律子は、産みたかった。しかし、律子には客商売の店というものがあるし、まだ子どもは早すぎると綿貫が喜ばなかったこともあって中絶した。

四月にはセックスの歓喜が、律子の肉体を訪れた。律子は二十八歳にして初めて、本物のエクスタシーを知ったのだ。律子の身体を、そこまで開発したのは綿貫であった。それは二人がほんとうに愛し合っている証拠だと、律子はますます綿貫に夢中になった。

そのころ、綿貫は株に手を出して失敗し、律子は穴埋めに自分の貯金七百万円を失っていた。だが、そんなことも、律子は苦にならなかった。綿貫に愛されることが、律子の生きるすべてであった。

七月を迎えた。

会社の出張ということで、綿貫は大阪へ旅立っていった。律子はもちろん、疑わなかった。飛行機の中で知り合ったときも、綿貫は大阪への出張の帰りだったのだと、律子は八カ月前のことを懐かしんだくらいである。

「二泊三日ね」

綿貫を送り出す玄関で、律子はそう念を押した。

「明後日には、帰ってくる」

屈託《くったく》なく、綿貫は笑った。

「浮気しちゃ駄目よ」

律子は後ろから、綿貫に抱きついた。

「できっこないだろう、毎晩きみにいじめられているんだから……」

綿貫は手を回して、律子の乳首を摘《つま》んだ。

「わたしのほうが、辛《つら》いかしら」

「どうして、辛いんだ」

「だって二晩も、ひとりで寝るんですもの」

「恐ろしいことを、言いなさんな」

「ねえ、真面目《まじめ》な話があるんですけど……」

「こんなときにかい」

「結婚しよう？」

「そうだな、そろそろ考えなくちゃいけないだろうね」

「披露宴なんて、いつでもいいのよ。二人だけの結婚式を挙げて、入籍をすませればそれで十分だわ」

「それだったら、いつでもできるんじゃないのか」

「でも、暑いうちは駄目でしょうね」

「じゃあ、九月か十月か」

「十月にしましょうよ」

「うん」

「入籍を急ぐのはね、今度赤ちゃんができたら産むつもりだからよ」

「いいだろう」

綿貫は、律子の手を握った。

「ものすごく、しあわせだわ」

律子は、綿貫の肩に頭をのせた。

二人は握手を交《か》わしながら、唇を触れ合わせた。

「行って来ます」

綿貫は、ドアを押し開いた。

「気をつけてね」

律子は、手を振った。

ドアがしまって、綿貫の後ろ姿は消えた。それは、律子が最後に見た綿貫だった。それっきり、綿貫は戻ってこなかったのである。予定より遅れることもあるだろうと、帰宅するはずの翌々日まで律子は待った。

だが、綿貫からは、何の連絡もなかった。律子がマンションにいなければ、『アップリケ』に電話をかけてくるだろう。それもないとすれば、綿貫の身に何かが起こったと考えるしかない。

律子は初めて、綿貫の勤務先に電話を入れてみることにした。綿貫の名刺にある『天神《てんじん》医療機器具KK』の電話番号を、律子は繰り返しプッシュした。

しかし、何度かけてもテープの声で、現在この電話番号は使われていないと告げられる。律子はあわてて、一〇四番に問い合わせた。答えは、天神医療機器具なる会社が見当たらない、ということだった。

電話帳を調べてみたが、確かに天神医療機器具KKは載っていなかった。律子は、顔色を変えた。東京プリンセス・ホテルを出て、車を神田錦町《かんだにしきちよう》へ走らせた。

綿貫の名刺によると天神医療機器具KKの本社は、千代田《ちよだ》区神田錦町一丁目の永代《えいたい》ビル内にあることになっていた。神田錦町一丁目に、永代ビルは間違いなくあった。十階建てのビルだった。

だが、そのビルの中に、天神医療機器具の本社は存在してなかった。ビルの総合受付で訊《き》いてみると、天神医療機器具KKは三年ほど前に倒産して、消滅した会社だという説明が返って来た。

律子は青葉台のマンションに戻り、綿貫の荷物や所持品を引っかき回した。ところが、綿貫の荷物というのがほとんどなかった。ここへ移住するときに、部屋が狭くなるので家具などは運び込まないようにと、綿貫に注文をつけたのは律子だったのだ。

綿貫はそれに応じて、結婚するまで家具類を倉庫に預けておくからと、身のまわりの生活用品だけをまとめて引き移って来たのである。青葉台のマンションにある綿貫の荷物は、衣類が大半であった。

ジュラルミン製のトランクやアタッシェ・ケースの中からも、綿貫の身元を証明するようなものは、何ひとつ見つからなかった。身分証明書、運転免許証、定期券、名刺類、手帳、その他の書類といったものは、みごとに残されてない。

何着かの背広に『前畑《まえはた》』とネームが縫いつけてあるのに、律子は気づいただけであった。綿貫は、偽名だったのだ。前畑というのも、本名とは限らない。

出身地は金沢市というだけで、それ以上のことは聞かされていない。親戚の人間の名前、住所も知らなかった。中退したという大学についても、綿貫は国立大学の医学部としか喋《しやべ》らなかった。

結局は、手掛かりゼロだった。こうなってわかったことだが、律子は綿貫の実体というものを、まったく知らずにいたのである。人を頭から、信じすぎた。

わが身に限り、あっと驚くような異変は起こらないものと、決めてかかっていたのだ。

外国における日本の女同様に、無警戒、無防備でいたのであった。

迂闊《うかつ》だった、軽率だったと気づいたときは、何事も手遅れということになる。恋に酔っていた、愛し合うことにわれを忘れていた、男そのものしか目にはいらなかった。そういう女にとってもっとも危険な状態に、律子は自分を置き忘れたのである。

最初に名刺を渡されたときから、律子はまんまと騙《だま》されたのだった。綿貫は事故に遭《あ》ったり、事件に巻き込まれたりして、行方不明になったのではない。単なる蒸発でもなかった。

初めからの予定の行動として、綿貫は姿を消したのであった。そう思いながらも、律子にはなかなか信じられなかった。どうやれば綿貫を捜し出せるのか、いつまで待てば再び彼に会えるのか、と律子は途方に暮れることになった。

綿貫が恋しい、なぜ裏切ったのかと、まずはそこから律子の苦しみが始まった。

4

二カ月がすぎた。

その間、律子は仕事が手につかなかった。『アップリケ』も従業員たちに任せっきりで、律子は東京プリンセス・ホテルの地下へ出勤しなかった。

疲労と不眠症のためと称して、律子は青葉台のマンションの部屋に引きこもっていた。

あながち、仮病ということにはならなかった。精神的疲労と、眠れない毎夜に、律子は瘦《や》せ細っていた。

しかも律子は、妊娠していたのだ。苦しんで苦しんで、苦しみ抜くほかはなかった。何度か、自殺を考えた。食欲がないままに、餓死するまで絶食しようと、思ったこともあった。

十月になった。綿貫と二人きりの結婚式を挙げるはずだったこの月に、皮肉にも律子は彼の子どもを堕《お》ろすことになったのだった。中絶手術を終えたあとの二日間、律子は涙が涸《か》れるまで泣き続けた。

だが、諦めのつくときが来た。

警察に失踪届《しっそうとどけ》を出すのも、綿貫探索を探偵社に頼むことも、みっともないからやめようという決断を、律子ははっきりと下したのである。それで律子は自分が、みっともないと思うようになったのは、諦めがついた証拠だと気がついたのだ。

綿貫愛一郎という男は、詐欺師《さぎし》であった。ここに住んでからの七カ月間、綿貫は律子に養ってもらった。そのうえ綿貫は、律子の貯金から七百万円を引き出した。あとは、律子とのセックスを楽しんだ。

それを綿貫愛一郎は、彼なりの成果としたのだろう。このうえは、結婚入籍を急ぎ始めた律子を、用ずみとしなければならない。そういうことで、綿貫はドロンを決め込んだのである。

綿貫は律子から、逃げ出したのであった。ドロンした人間を捜し出しても、逃げた相手を追い求めても、意味がないではないか。綿貫愛一郎は、男ではなかった。ただの詐欺師だったのだ。

律子は、そのように結論づけた。

ようやく、四カ月にわたる地獄のトンネルを、律子は抜け出すことができた。律子は快気祝いをすませて、十二月から『アップリケ』に出勤するようになった。

今年にはいって、律子の生活は完全に元の軌道に戻った。律子が張り切ることによって、『アップリケ』の営業成績も悪くなくなった。

しかし、律子は綿貫愛一郎のことを、きれいさっぱり忘れたわけではなかった。一年間の悪夢だと、割り切ってしまってもいない。未練が消えた代わりに、憎しみが熔岩《ようがん》となっていた。

律子は綿貫を、決して許してはいない。初めから騙しにかかって律子の心を弄《もてあそ》んだこと、二度も妊娠を中絶させたこと、七カ月間も養ってもらったうえに七百万円を騙し取ったこと、四カ月間の地獄の苦しみを味わわせたこと、この四つの大罪を綿貫に償《つぐな》わせなければならない。

償いの方法は、死しかなかった。

綿貫を見つけたら、必ず殺してやる。

この律子の復讐心は、ひとつの執念にもなっていた。ただ綿貫の行方がわからないために、今日まで報復は実行に移されていない。だが、律子の綿貫への憎悪は、いまだに噴火を続けているのだった。

それがどうやら実際に、綿貫愛一郎を噴火口へ追い落とすことが、可能になりそうなのである。四人の交換殺人という完全犯罪のプログラムに、綿貫愛一郎の死がインプットされたからであった。

実行犯は、中林千都に決まった。

「大丈夫、わたくしに任せなさい。どこに隠れていたって、何匹ものネズミどもに大金を銜《くわ》えさせれば、必ず嗅《か》ぎつけて捜し出して来ますからね」

中林千都は、そう言いきった。

胸を叩《たた》くようにしていた。大言壮語《たいげんそうご》ではなく、自信があったのだろう。中林千都には、財力がある。金の力でそういうことこそ、何とでもなるのではないか。中林千都のことだから、きっと何とかしてくれると、律子は心強かった。

しかし、これで綿貫愛一郎に復讐することができると、律子は必ずしも喜んではいないのであった。いまになって、律子は恐ろしくなっていたのだ。

綿貫を殺してやるという執念よりも、恐るべき殺人集団に仲間入りしたことの不安のほうが、はるかに激しくなっている。律子の心には、悔いる気持ちが芽生《めば》えていた。その後悔の念が、律子をむなしくさせる。寂しさに耐えられないほど、律子を孤独にさせるのであった。

「遅いな」

律子は、声に出してつぶやいた。

ベッドのうえに、起き上がる。半日もたったように長く感じられたが、時間は七時を回ったところだった。盛岡市の眺望《ちょうぼう》も、夜を迎えていた。

多門不二男に電話したのは、午後三時三十分であった。単純に時間を計算すると、もうついてもいいころだと思いたくなる。それで、遅いなというつぶやきも洩《も》れる。だが、それもあくまで自分に都合よく考えての計算である。

あれから多門不二男は、秘書にあれこれと指示を与えるだろう。

そのあと、支度《したく》に取りかかる。

上野《うえの》駅へ向かう。交通渋滞がひどいから、時間がかかる。

そしてようやく、東北新幹線に乗ることになる。

そう考えれば、到着まではまだまだとわかる。多分、上野発十七時の新幹線に、乗るのではないか。そうだとすると、盛岡着は二十時十九分である。盛岡駅からタクシーで来て、ホテルにつくのは夜の九時近くになるだろう。

あとまだ、二時間も先であった。ヘリコプターで飛んでくればいいのに、と、また律子の苛立《いらだ》たしさが勝手なことを言わせそうであった。待っているから、時計の針が遅々《ちち》として進まない。律子はベッドを降りて、また裸になった。

風呂にはいり、化粧をして、服を着る。それで、一時間がすぎた。部屋を出る気がしないし、ホテル内のレストランやバーへ行くつもりはなかった。

食事は、ルーム・サービスを頼むことになる。多門不二男の部屋は、隣りの八二三号室が取ってある。しかし、食事となれば二人で、律子の部屋を使うほかはない。

律子は三十分かけて、ルーム・サービスのメニューから料理を選んだ。八時半に、料理と飲みものを頼んだ。多門不二男と料理のどっちが先かと、律子は部屋の中を歩き回った。

八時五十分に、ドアがノックされた。律子は駆け寄って、ぶつかったドアをあけた。多門のほうが、先だった。

「やあ」

白い背広姿で、多門不二男は手に何も持っていなかった。

「申し訳ありません」

律子は、泣き出しそうになった。

「上野で、十六時五十六分発のに飛び乗ってね」

ドアをしめた多門不二男の上着のポケットから、八二三号室のルーム・キーがのぞいていた。

「ごめんなさい」

律子は多門の胸に、頭と両手を押しつけた。

「だけど、やっぱり遠いな。盛岡まで、三時間十八分かかるんだね」

多門は戸惑ったのか、大きな声を無理に明るくしていた。

「嬉しい」

本音を口にして、律子は多門にしがみついた。

「よしよし、しっかりしろ。もう、大丈夫だ」

多門は遠慮がちに、律子の肩を抱いた。

「ほんとに、嬉しいんです。人心地《ひとごこち》が、つきました」

律子は、泣いていた。

「人心地がついたんだったら、泣くことはないだろう」

長身の多門の声が、頭のうえから降って来た。

「でも、ほんとに寂しかったんです」

律子は多門の背中に、両手を回していた。

「いつまでもこんなことをしていると、律子ちゃんに女を感じちゃうぞ」

多門は、背筋を伸ばした。

そう言われて、律子は急いで多門から離れた。綿貫愛一郎が消えた去年の七月以来、男の身体に触れたことはないのである。律子は恥ずかしくなって、バス・ルームへ逃げ込んだ。

鏡をのぞいて、涙をふき取った。化粧を、直さなければならない。そう思ううちに、律子の動悸《どうき》が激しくなった。多門不二男と抱き合う格好《かっこう》になったことを、いまになって意識したのだった。

わざと時間をかけて、律子は化粧をし直した。浴室を出ると、すでにワゴン・テーブルが置いてあった。ビーフ・ステーキ、舌平目《したびらめ》のムニエル、スモークサーモン、フルーツ・サラダといった月並みなア・ラ・カルトが並んでいる。

多門不二男は早くも、オン・ザ・ロックでウイスキーを飲んでいた。多門不二男は、いくら飲んでも乱れないという酒豪であった。その代わりウイスキーの銘柄など、うるさいことは言わなかった。

「おいしい」

オニオンのグラタン・スープを飲んで、律子は思わずニッコリとした。

「いま泣いたカラスが、何とやらじゃないか」

多門不二男は、堅そうなステーキを切るのに苦労していた。

「あら、今日一日、何も食べていないからなんです」

真顔《まがお》になって、律子は弁解した。

「どうして、何も食べていないんだね。やっぱり、トラブルがあったのかな」

ステーキを諦めて、多門はウイスキーを飲んだ。

「いいえ……」

話題を変えたほうがいいと、律子は思った。

「困ったことがあるんだったら、打ち明けてしまったほうが、さっぱりするんじゃないのかな」

多門不二男は、律子の顔を見守った。

「それより、おもしろい話があるんです。聞いてくださいますか」

律子の頭には、中林千都のことが置かれていた。

「はるばる盛岡まで飛んで来たんだから、どんな話だろうと聞かなきゃ損ですね」

多門不二男は、そんな言い方をしながら、笑いのない顔でいた。

「大金持ちの奥さまから、伺《うかが》ったお話なんです」

中林千都の告白も、部分的に聞かせるならば多門に察しをつけられる危険がないものと、律子は判断していた。

「大金持ちの奥さんね」

「そうなんです。でもきっと、成金《なりきん》っていうところでしょうね」

「旦那さんは、商売人なんだね」

「会社の社長さんですけど、会社というのは全国規模の不動産業だそうです」

「それは、凄《すご》いな。大中小の都市の土地やビルを、全国規模で手がけている不動産業というのは、いまや金が川の水みたいに流れ込んでくるからね」

「どうも、そういうことらしいです」

「うちの会社のように、地味で薄利の企業とは違うんだよ」

「でも、堅実性、安定性、永続性、それに企業としてのイメージや信用度となると、比べものにならないでしょ」

「だけど、いま現在となると、敵は大物だね。いくらでも儲《もう》かる。そりゃあ、大成金だろう」

「ですけど、ご主人は残念ながらお年、七十一ですって」

「その奥さんのほうは、いくつなんでしょうかね」

「四十ちょうどです」

「それも、また凄い。三十一も若い奥さんを、もらうとは……」

「ですけど、もう男女関係ってわけにはいかないでしょ」

「それで奥さんのほうが、欲求不満に苦しんでいるっていう話かな」

「いいえ、奥さまのほうもその点は割り切っておいでのようです。まだ四十の女だからという目で見られるけど、色の道の煩悩《ぼんのう》だけは卒業しましたからって、すっかり悟っていらっしゃるみたいですもの」

「表向きは誰だって、そうやって気取るんじゃないの」

「そういう気取り方は、なさらない奥さまですから……。昨日今日の結婚じゃないってことも、ありますしね。奥さまが二十五のときの結婚だそうだから、もう十五年もご夫婦でいらっしゃるんでしょ」

「それでも旦那は、五十六歳になっていたんだ。五十六で二十五の奥さんなんだから、おれなんかにはとても真似《まね》できないことですよ」

「そうかしら」

「当然でしょう」

「それに、その奥さまにはほかに、熱中されていることがあるんです」

「男遊びじゃなくて、どんなことに熱中するんだろう」

「ひと口に言えば事業、商売、土地の買い占めでしょうね」

「旦那の向こうを張ってか」

「奥さまの場合は、お金儲けより一種の夢みたいなんです。買い占めるっていっても牧場や山ばかりだし、男のロマンに対抗する女のロマンだって、奥さまおっしゃっていましたから……」

「女のロマンとは、初めて聞く言葉だ」

「ただし、奥さまが牧場を買おうと山を買おうと、すべてご主人には内緒でおやりになるんですって」

「女房のヘソクリで牧場や山が買えるんだから、ますますもって凄いじゃないですか。その奥さん、しあわせなんだな」

「そう、しあわせなんだそうです。何もかも満ちたりているし、恵まれすぎているくらいだし、やろうと思ってできないことはないし……」

「そうでしょう、そうでしょう」

「でも、人間というのは、やはり全能の神とは違うんですね。そういう奥さまにもたったひとつ、解決しようのない苦悩がおありなんだそうですわ」

「うん。話がどうやら、おもしろくなってきたようだ」

多門不二男は、ウイスキーを飲むピッチを早めていた。

「人間の運命とか、人間同士の縁とかって、ほんとに不思議なものなんですね」

律子はそういう言葉の中に、綿貫愛一郎との結びつきと別離をも含めていた。

5

人間は誰でもそうだが、中林千都にも秘めたる過去がある。いわば、若い時代の秘密にしたい部分、というものだった。みずから好んで、自分に押しつけた汚点とも、言えるかもしれない。

あとになって困るようなことは、初めからやらなければいい。確かにそのとおりだが、それは結果が出てからでないとわからない。年をとってから人間は、これだけは誰にも知られてはならないことだと、気がつくのであった。

そこで初めて、若いころの汚点を秘密にしておかなければならないと、人間には隠蔽工《いんぺい》作が必要になる。あとの祭りだろうと、隠さなければならないのである。

若いときには、あまり将来というものを深く考えない。未来よりも、現在を重視する。そのためにどうしても、目先のことに動かされやすい。

それに、先のことなどわからないと、妙な割り切り方をしてしまう。やがては未来というものが、現実の人生になることを、承知していながら読み取れない。若い人間の愚《おろ》かさ、というものだろうか。

中林千都にも、そうした若いときがあった。そのころの中林千都は、札幌《さっぽろ》市に住んでいた。職業は、クラブのホステスだった。客のほとんどが、中林千都をお目当てにくるといわれたくらいに、若くて魅力的な美女であった。

若い千都は、贅沢な暮らしがしたかった。豪華なマンションに住み、身につけるものは何もかも最高級品にしたかった。家事はいっさいを家政婦に任せて、自分は昼間だけでものんびりしていたい。外車も、欲しかった。それから、まだ生きていた母親への仕送りを、もう少し増やしたいという願いがあったのだ。

それには、金がいる。クラブのホステスの収入では、どんなに売れっ子でもこれまでの生活が限度である。荒稼ぎをする方法はないかと、千都は考え込むことが多くなった。そのようなときに、ある誘いの声が千都にかかった。

千都は、その話に飛びついた。一度だけのアルバイトのつもりでやったことだが、その報酬が高額なのに千都は驚かされた。すっかり味を占めた千都は、それからも話があるたびに応じた。

大金が手にはいるようになったが、それを専業とすることはできない。あくまでアルバイトであって、千都の職業は一流クラブのホステスだった。

千都のアルバイトは、誰にも気づかれなかった。ただひとりだけ、同じことを副業としている女子大生がいた。正真正銘の女子大生で、まだ十九歳であった。

千都より五つ年下で、名前は太田黒《おおたぐろ》ルリと聞いていた。太田黒ルリとはたまに鉢合《はちあ》わせする程度で、挨拶《あいさつ》のほかはあまり口をきいたことがなかった。

千都と太田黒ルリは、九カ月ほど同じアルバイトを続けた。ある晩、指定された相手が知り合いであるのに気づいて、千都は愕然《がくぜん》となった。客と顔を合わせる前に、千都はその場から逃げ出した。

千都は、怖《お》じ気《け》づいた。

足を洗うべきだと、千都はアルバイトをやめた。それでも、何となく恐ろしい。札幌にいることさえ不安であり、千都は思いきって東京へ出ることにした。

東京はある意味で、このうえなく安全な場所である。人間の洪水の中へ逃げ込めば、そこは別世界であった。千都は、上京した。千都は、二十四歳だった。

東京では、銀座のクラブに勤めた。間もなく千都は、店の常連客のひとりに、ひと目惚《ぼ》れされた。そうはいうものの、その客は千都より三十一も年上であった。当時で五十五歳、社長さんと呼ばれている男である。

だが、社長さんは本気だったのだ。妻を亡くしてから、七年間も独身を通している。そのように、女に関しては身が堅い。それがかくも真剣なのだからと、社長さんは千都を口説《く》き続けた。

半年後に、千都のほうが根負けした。愛人だの二号だのというのではなく、社長さんは千都にプロポーズしているのであった。金持ちではあるらしいし、正式に結婚するならばと、千都もソロバンを弾《はじ》いた。

千都は、中林社長のプロポーズを受け入れた。中林社長は、大喜びで挙式を急いだ。千都の人生は、あっという間に大転換を遂げた。翌年、千都は中林社長と結婚した。

新郎、五十六歳。

新婦、二十五歳。

それから十五年が、ひとつの問題点を除けば、つつがなくすぎたということになる。子どもはできなかったが、家庭円満だった。男と女の結びつきがなくなってからも、夫婦仲は悪くなかった。

夫の事業は順風満帆《じゅんぷうまんぱん》で、隆盛の一途をたどった。妻は豪勢な生活環境を与えられて、何の不足もない暮らしができた。最近の妻は女のロマンと称して、夫に内密で牧場や山林を買う楽しみを得た。

ひとつの問題点を除けば、わが運命に千都は文句のつけようがなかったのである。その問題点は、千都の過去に発している。アルバイトを続けた九カ月間の秘密が、それであった。

たったの九カ月間が十数年後に、人生を破壊することになるかもしれない。そういうことの見本みたいなもので、これもまた運命といえるのだった。

中林千都は告白の中で、九カ月間のアルバイトの内容については、明かすことを拒んだ。しかし、聞いている者には、ちゃんとわかっていた。倉持ミユキと森下芙貴子の顔には、そう書いてあった。

律子にも、察しはついた。

売春である。

札幌市内のホテル、あるいはその周辺の温泉に、特別招待の客が泊まる。接待する側が特別の客に、美人で若い素人《しろうと》娘を取り持つということにする。

そういう場合、仲介者を通じて千都のところへ連絡がはいる。それを受けて、指定のホテルや旅館の部屋へ、千都は出向いて行く。千都は知人が客であることに気づき、驚いて逃げ出したというから、旅行者ばかりが相手だったとは限らない。

大金を積めばホテルや旅館にいて、普通の客でも千都たちを呼べたのかもしれない。いずれにしても、千都は頻繁《ひんぱん》に呼び出しを受けて、多額の報酬を得ていたらしい。

要するに、出張売春だったのだ。

千都は金欲しさに、九カ月間にわたり出張売春を続けたのであった。これは、致命的な過去の汚点になる。夫の中林も、千都が水商売の経験者であることは十分に承知している。

水商売とか客商売とかいうだけのことなら、これはもう問題にもしないだろう。だが、売春だけは別である。たとえ九カ月間であっても、売春をしていたとなると夫は許さないだろう。

いや、夫だけではない。周囲の者も世間の目も、千都を見る目が違ってくる。したがって、何が何でも隠さなければならない。過去の九カ月間の秘密だけは、絶対にバレないようにすることだった。

そして去年の春までは、何事も起こらなかった。結婚して十四年間は、無事にすぎて来たのである。千都自身もいつしか、その汚点を忘れて来た。

そんなある日、田園調布の大邸宅をひとりの女が訪れた。その女とはお手伝いのうちでも、古参のしっかり者がインターホンでやり合ったらしい。

「用件を、はっきり言わないんですよ。千都夫人に会いたいの一点張りで、太田黒だと伝えてくれればわかるって威張《いば》っています。いかがしましょうか」

お手伝いが、千都にそう報告した。

「太田黒……！」

千都は、悪寒に総毛《そうけ》立った。

「はい、札幌の太田黒さんだそうです」

お手伝いは、千都の顔色が変わったことに、驚いたようだった。

「応接間に、お通ししてちょうだい」

千都の声が、甲高《かんだか》くかすれた。

五分後に応接間で千都は、太田黒ルリと十四年ぶりの再会を遂げた。楽しいどころか、悪魔がスタンバイしたような再会であった。太田黒ルリが、中林夫人の正体を嗅ぎつけたこともまた、運命というべきだろうか。

「立派な御殿と変わらないお屋敷と、この豪華な応接間、ほんとに目がくらみそうだこと」

太田黒ルリは甘ったるい声で、ベチャッと粘《ねば》りつくような喋り方をした。

十九歳の女子大生だった太田黒ルリも、かなりくたびれた三十三歳の女になっていた。だが、十四年前の面影《おもかげ》は老《ふ》けただけで、いまもそっくり残っている。

「いまも太田黒さんのままで、札幌に住んでいらっしゃるの」

平静を装《よそお》って、千都は訊いた。

「いえ、そうじゃないの。住んでいるところは東京、それから太田黒のままっていうより、旧姓に戻ったのね」

おっとりしているというか悠長というか、太田黒ルリは間伸《まの》びするほどゆっくりと口をきいた。

「離婚なさったっていうことなの」

「そうなのよ。二十四で結婚して、三年後には離婚ですって。わたし、追い出されちゃったの」

「追い出されたって、いったいどういうことなんですか」

「ひょんなことから主人に、むかしのアルバイトがバレちゃったんです。奥さまもやってらした例のアルバイトなんですけど、それを知った主人はわたしにそばに寄るなって、大変な勢いで怒り出してねえ。あとは親族総がかりで、わたしを追い出しにかかったんですよ」

「それで札幌を逃げ出して、東京へいらしたっていうことなんですね」

「ええ。東京へ出て来てからの七年間も、苦労ばっかりでしてねえ」

「いまは、お独《ひと》り?」

「ええ。ひとりですとも。もう男には懲《こ》り懲《ご》りだし、さいわい子どもはいないし、これからは少しのんびりしたいと思っています。外国でも長期間、旅行するなんていいですねえ」

「お仕事は……」

「無職と、変わりありません」

「でも生活のほうは、どうにかおなりなんでしょう」

「さあ、どうかしら。外国どころか国内旅行だって、おぼつかない有様《ありさま》なんですものねえ」

「そうですか」

千都は、溜息《ためいき》をついた。

「そんなことですから、奥さまのお名前を見つけたときは、ほんとに嬉しかったですよ。目の前が、パーッと明るくなりましたわ。このお正月でしたか、何とかいう雑誌に中林会長さんのお写真が載っていたんですけど、後ろのほうにチラッと奥さまも写ってらしてねえ。紹介記事に会長夫人千都さん、三十九歳って載っているでしょう。写真のお顔に見覚えがあるし、千都さんも三十九歳もぴったりだし、あるいはと思って雑誌社に問い合わせたんです。そうしたらやっぱり、北海道出身で旧姓が宮本《みやもと》さんということだったんで、あのときの宮本千都さんが中林会長夫人なんだってわかったんですよ」

太田黒ルリは、笑顔を絶やさずにいた。

話が途切れても、一向に腰を上げようとしない。太田黒ルリの目的は、金だとわかっていた。しかし、ルリはそのことを口に出さないし、脅迫的言辞《げんじ》もまったく弄《ろう》さなかった。恐ろしい顔もしなければ、凄みを利かせるようなこともない。

終始、エヘラエヘラしている。それが、かえって不気味であった。ルリの笑っている目が、例のアルバイトのことを中林会長の耳に入れたら、自分と同じように追い出されますよと、語っているみたいな気がするのである。

癖になるかもしれないが、口止め料を払うほかはなかった。千都は新札で五十万円を封筒に入れて、むかしお世話になったご恩返しにと、太田黒ルリの手に押しつけた。

「あらあ、こんなことをしていただいて、いいのかしら。そんなつもりで、お伺いしたんじゃないのに……」

そう言いながら封筒をバッグにしまい、太田黒ルリはさっさと帰っていった。

その後、太田黒ルリは五月、八月、十月、十二月と中林邸を訪れている。そのたびに千都は、五十万円ずつ太田黒ルリに渡した。今年にはいってからも二月、四月と千都の前に姿を現わしたが、六月に来たときはルリの言うことが違っていた。

「わたし、やっぱりのんびりと、外国旅行がしたいわ。ねえ、どうかしら。お世話して、くださいます？　贅沢をしない代わりに、三カ月ぐらいかけてアメリカを回って来たいんですけど……」

太田黒ルリは、媚《こ》びるような目で薄気味悪く笑った。

千都は顔の利く旅行社を、太田黒ルリに紹介した。そのうえで、五百万円のトラベラーズチェックをルリに与えた。さらに千都はルリのために、クレジットカード用の銀行口座を設けてやった。

今月にはいってすぐに、太田黒ルリはアメリカに向けて出発した。いまごろ太田黒ルリは、アメリカを旅行中の結構な身分でいることだろう。

そこまではいい。五百万円のトラベラーズチェックと、いくら使うか知らないがクレジットカードの支払いだけで、太田黒ルリとの縁が切れるなら文句は言わない。だが、九月になれば、太田黒ルリは帰国する。

それから先のことで、千都は苦悩しなければならないのだ。これまでのようなタカリが、際限なく続くとなればたまったものではない。そうかといって太田黒ルリを拒絶することも、また千都にはできないのである。

千都の人生の恵沢《けいたく》と平穏を維持するためには、太田黒ルリこそ唯一最大の害となる。その害毒を取り除くには、太田黒ルリをこの世から消し去るしかなかった。

千都は、太田黒ルリを殺したい。

その実行犯を引き受けるのは、倉持ミユキと決まった——。

もちろん、律子はそこまで多門不二男の耳に、入れることはなかった。中林千都、旧姓宮本、太田黒ルリ、札幌、田園調布、アメリカといった固有名詞も、多門不二男には聞かせずにおいた。

ある金持ち夫人が過去の汚点をネタに、何とも不気味な女によって巧みに強請《ゆす》られ、困り果てているという話を、律子はおもしろおかしく語ったにすぎない。殺意を抱くというようなことには、言及しなかった。

「人生は、冒険だよ」

多門不二男は、食器類をしみじみと眺めていた。

このホテルでは、多門陶器の製品を使っていない。そうとわかって多門不二男は、たちまち職業意識を発揮したのだろう。

6

翌日、多門不二男と律子は、盛岡発十一時の新幹線に乗った。

満席のグリーン車だが、車内は静かだった。家族連れ、グループ、団体の乗客がいないからである。ひとり東京へ向かう旅人たちは、一様《いちよう》に黙り込んでいる。

男女のペアというのも、多門と律子のほかには見当たらなかった。その多門と律子も、多くは喋らずにいる。多門不二男は、眠たそうな顔でいた。

昨夜、多門は自分の部屋へ移ってからも飲み続けて、ベッドにはいったのは明け方だったという。多門にしてみれば、何とも馬鹿らしい話なのだろう。

呼びつけられて、盛岡まで飛んでくる。夜の九時近くに、盛岡のホテルにつく。ホテルに一泊する。そして今日はもう、東京へ帰るのであった。

何のために、盛岡まで来たのかわからない。

東京・盛岡間を新幹線で往復するのが、目的だったというほかはない。誰だろうと、まったく無意味なことをやっていると、自己嫌悪に陥《おちい》るに違いない。

律子とベッドをともにすることが目当てで、東京から飛んで来た男ならば、うまく利用されたと怒り出すだろう。だが、多門不二男に、そのような下心はない。

律子の正直な願いを、多門はそのまま素直に受け入れている。律子を盛岡まで迎えに行くと、多門はそのつもりで来てくれたのだ。それだけに律子も心から、申し訳ないと思わずにはいられない。

そこで、律子も、寡黙《かもく》になる。

さらに申し訳ないのは多門と一緒なので、律子は落ち着いていられるということだった。もし律子だけで新幹線に乗っていたら、東京へ帰るのが苦痛に感じられたことだろう。心細くて寂しくて、惨《みじ》めな気持ちに苛《さいな》まれている。

いまは、それがない。

昨日までのことを、忘れていられる。余裕を、取り戻せた。車窓も、明るかった。遠く近くの山脈《やまなみ》が、詩情豊かに美しく見える。広大な田園風景の緑が濃くなったことに、東北地方の夏の訪れを感ずる。

多門と二人で旅行をしているように、錯覚しそうであった。おかげで一昨日から昨日にかけてのことが、他人事《ひとごと》のように思えてくる。もしかしたら夢だったのかもしれないと、三人の女の存在が遠ざかっていく。

「上野着が、十四時二十分か」

隣りの席で、多門がノビをした。

「申し訳ありません。今日も一日、無駄にさせちゃって……」

律子は改めて、頭を下げた。

「いや、午後四時からの会議に、顔を出せばいいんだ。今日のおれの仕事は、それだけなんでね」

多門は声を立てずに、身体を揺すって笑った。

「何をしに来たのかわからないって、思っていらっしゃるんでしょ」

律子は、多門を見やった。

「そんなことないさ。おかげで夜明けまで痛飲できたし、律子ちゃんが泣くところも見たし……」

多門は、目を閉じていた。

「いやだわ」

律子は、顔を赤くした。

「それにこうして、律子ちゃんと二人きりで旅をしていられるんだしね」

「常務さんって、そんなことで満足なさるんですか」

「大いに、満足だよ。おれって心密《ひそ》かに、律子ちゃんのことを愛しているのかもしれないな」

「まさか……！」

「まさかは、ないだろう」

「外泊なさって、奥さま大丈夫なんでしょうか」

「かみさんは、慣れっこですよ。おれの行方不明と、無断外泊にはね。おれが十二時前に帰ると、あれっていう顔をするかみさんですからね」

「みなさんに、ご迷惑なことをしてしまって……」

「おれは最初ね、律子ちゃんが財布を落として一文なしになってのSOSかと、思ったんだけどね」

「でしたら、お店の従業員に連絡するでしょう」

「そうなんだな。するとやっぱり律子ちゃんには、精神的痛手を蒙《こうむ》るような何かがあったんだ」

「ヒステリーかもしれません」

「ストレス病だろう」

「常務さんの包容力に、甘えたかったんです」

「おれって、包容力があるのかね」

「とっても……」

「そうかなんて、自信を持ったりしてね」

「わたし、救われました」

「何があったのか知らないけど、律子ちゃんもそろそろ結婚したほうがいいんじゃないかな」

「相手が、おりません」

「せめて、恋愛ぐらいは……」

「相手が、おりません」

律子の顔つきが、どことなく強張《こわば》っていた。

「相変わらずだな」

目をつぶったままで、多門はニヤリとした。

多門不二男は、律子と綿貫愛一郎との一件を、まったく知らないのである。多門だけではなく、誰も気づいていないのだ。律子自身が、隠したということもあった。結婚するまでは、綿貫愛一郎のことを伏せておくつもりでいたのだった。

特に、理由はなかった。突然の恋愛であることを、恥じたのかもしれない。あるいは綿貫に何か胡散臭《うさん》さを感じて、周囲の人間に見せびらかすことを躊躇《ちゅうちょ》したのだろうか。それに男との関係を隠したがる、という一般的な女の心理も働いていたのである。

だから、『アップリケ』の従業員にさえ、感づかれないようにした。律子の女の友だちも全員が、綿貫との同棲を最後まで知らずにいた。

律子が男と一緒に住んでいるらしいと、漠然と気がついていたのは、青葉台のマンションの一部の住人だけだろう。律子の恋愛と同棲は、世間の目にまるで触れていない。そういうことで綿貫がどこで殺されようと、律子に結びつけられる可能性はゼロであった。

「わたし、結婚には縁がないと思います」

律子は言った。

たとえ完全犯罪をなし遂げようと、人を殺した女がのほほんと主婦の座につけるはずはない。華やかな結婚式には尻込みするだろうし、殺人犯は夫や子どもを作ってはならないのだ。

「じゃ、愛人でもいいだろう」

多門不二男の声は、眠そうに小さくなっていた。

「そうなるかもしれないわ」

律子の気持ちは、再び冷め始めていた。

「おれと、恋愛しないか」

多門のつぶやきが、寝息に変わった。

律子が殺人を依頼し、一方では殺人の実行犯にもなるなどと、多門不二男は夢にも思っていない。それもまた申し訳ないことだと、律子は多門の寝顔を見守った。

「生まれて初めて、わたしが好きになった人なんです」

と、森下芙貴子の声が、律子の耳の奥に蘇《よみがえ》る。

どちらかというと内気でおとなしそうに見えた森下芙貴子が、告白を始めたとたんに態度をガラリと一変させた。気性の激しい感情家の片鱗《へんりん》を、のぞかせたのであった。酒癖の悪い人間が怒ったように表情を固くして、鋭くにらみつける目つきになっていた。

「つまり、初恋の人ね」

倉持ミユキが、口を挟んだ。

「初恋は、小学生のときでした。そんな淡いというか、ぼやけた思いじゃないんです。もっと強烈で、どうにかしてくれって言いたくなるくらい、好きになったんです」

じれったがるように、森下芙貴子は身を揉《も》んだ。

「どうにかしてくれって、セックスのことなの」

中学校の教師らしい好奇心が、倉持ミユキの笑いかけた顔に表われていた。

「そうかもしれません。だから好きなんて生易しいものじゃなくて、わたしその人を愛していたんです」

森下芙貴子は、唇を嚙《か》みしめた。

「だってあなた、そのときおいくつだったの」

あきれたというように、中学校の教師は笑った。

「十七でした」

「高二」

「ええ」

「身体や生理は一人前でしょうけど、まだ十七の女の子に男を愛するなんてことがわかるかしら。あなたそのとき、処女だったんでしょ」

「ええ」

「それで、男の人にセックスされたいって、欲望を感じたの」

「感じました。その人にわたしの身体をあげたいって、いつも思っていました。そうするのが愛だってわかったし、そのくらい彼に夢中でもあったわけです。ただ実行するキッカケというか、勇気がなかっただけなんです」

「それが、当たり前よ」

「だけど、そうやってまごまごしているうちに、その城山美代子《しろやまみよこ》という女が横から出て来たんです」

「城山美代子は、当時でいくつだったの」

「わたしより二つ年上でしたから、十九だったんです」

「いまの城山美代子は、二十六歳ってことね」

「城山美代子はあっという間に、わたしから彼を攫《さら》っていきました」

「そんな、簡単に攫われていくような男に、あなたは未練があったの。それにもう、七年も前のことでしょ。それなのにあなたはまだ、城山美代子を恨み続けているってことなのね」

「一生、忘れません。あのときの悲しさ、苦しみ、悔しさは、わたしの人生観を変えたくらいでした。わたし、自殺を図ったんです。そのときの傷とともに、わたしの恨みは死ぬまで消えません」

森下芙貴子は、左手首の内側を見せた。

そこには横一文字《いちもんじ》に、引き攣《つ》れた傷跡が認められた。血管を切断した古い刃物の傷跡が、森下芙貴子の心の傷をも物語っているようだった。

「まあ、何もかも初めての経験だと、それだけショックも大きいから、女の執念となって残るかもしれないわね」

わが身を振り返ってか、倉持ミユキは吐息しながらうなずいた。

「城山美代子は、彼を寝取ったんです。身体を張って、彼を誘惑したんです。その卑劣さも、わたしには許せません」

森下芙貴子は、両手を握り拳《こぶし》にしていた。

『寝取った』とは、また古風な言い方である。それに『身体を張って』と同様、意味も正しくはなかった。若い人は激烈な言葉を使いたがるが、日本語をよく知らないのだと、律子は芙貴子の顔を窺《うかが》った。

肉体で誘惑した、というのが『寝取った』になる。身体を投げ出して、というべきところを『身体を張って』にしてしまう。だが、いまはそうした芙貴子の表現力の乏《とぼ》しさが、迫力のある言葉にしていた。

森下芙貴子の告白によると、自殺が未遂に終わったあと一年間は、精神的に立ち直れなかったという。芙貴子は病院の精神科に通院し、そのために高校卒業も一年遅れたのであった。

城山美代子は、半年後に彼を捨てた。城山美代子は、ほんのツマミ食いだったわけである。興味を抱いた男を誘惑し、適当に遊んで飽きがくればさっさと別れる。城山美代子がそういう女だとわかって、芙貴子の憎悪と怨念《おんねん》は数倍に膨張した。

捨てられた彼のほうが傷ついて、それまでの生活を放棄せざるを得なくなった。彼は福岡市から、姿を消したのであった。その彼の分まで、芙貴子は復讐してやりたかった。いまだに芙貴子は、機会があったら城山美代子を殺してやろう、という執念を捨てきれていない。

森下芙貴子には現在、来年四月に結婚予定の恋人がいる。だが、その恋人というのも、芙貴子の心の傷まで癒やしてくれるほどの存在にはなっていない。

親のすすめに従って、結婚を前提に交際を始めた相手だった。それがいつの間にか結婚を是《ぜ》として、挙式の日取まで決まってしまったということなのである。

だから、恋人というよりも、あくまで婚約者なのであった。芙貴子の中に依然として生きているのは、再び福岡に戻ってくるはずのない過去の恋人なのだろう。

その過去の恋人の姓名、年齢、職業などを、関係ないからということで、森下芙貴子は最後まで明かさなかった。確かにそのとおりで、過去の恋人については何も聞く必要がない。

肝心なのは、標的とする城山美代子であった。

城山美代子、二十六歳、独身で福岡市に住んでいる。勤務先は、幼稚園ということだった。つまり城山美代子の職業は、幼稚園の先生なのである。九州地方のピアノ演奏のコンクールで、城山美代子は第一位になったことがあるという。

その城山美代子を殺すのは、律子と決まったのであった。

倉持ミユキは夫の昌彦を殺してもらう代わりに、中林千都のために太田黒ルリを殺さなければならない。

森下芙貴子は城山美代子を殺してもらう代わりに、倉持ミユキのために倉持昌彦を殺さなければならない。

中林千都は太田黒ルリを殺してもらう代わりに、奈良井律子のために綿貫愛一郎を殺さなければならない。

そして奈良井律子は、綿貫愛一郎を殺してもらう代わりに、森下芙貴子のために城山美代子を殺さなければならない。

以上のように、四組八人による四重の交換殺人の図式が、完成したのだった。この図式に変更はなく、また解消されることもなかった。すでに四人の暗殺者が、それぞれの標的を求めて、全国に散ったということになるのである。

律子は自分の首を、絞《しぼ》りたくなるような衝動に駆られた。恐ろしさの余り、今夜から魘《うな》されるようになるかもしれない。実際に人が殺せるものかと、律子は両手を眺めやった。

列車は、宇都宮駅を発車した。あと一時間たらずで、上野に到着する。多門不二男は、気持ちよさそうに眠り続けている。

7

あっという間に、十日が過去の日々として消えた。日がたつのが早く感じられるのは、やりたくない仕事を期限付きで、持つ身だからだろう。三カ月以内に、殺人を実行しなければならない。

人殺しなど恐ろしくて、簡単にできるものではない。それに、どうしていいものか、判断がつかなかった。まず手始めに、何をすべきなのか。

みずからの行動について、計画の立てようがないのだ。だが、三カ月以内には絶対に、殺人を完了しなければならない。いまさら義務を放棄したり、契約を解除したりすることは許されない。

そういう思いから、焦りが生ずる。一日中、そのことが頭から離れない。いらいらして、落ち着けなかった。何とかしなければと、一日の経過を恨めしく見送ることになる。だから、日がたつのが早い。

城山美代子――。

このターゲットの所在を、確認することから始めなければならない。ようやく奈良井律子は、そんな考えをまとめたのであった。極めて初歩的というか、当たり前なことに十日もかかって気がついたのだ。

その日、東京プリンセス・ホテルの『アップリケ』に、多門不二男が姿を現わした。東京プリンセス・ホテルの総支配人と会ったついでに、『アップリケ』に立ち寄ったということだった。

律子は多門を、ホテルの中の喫茶室へ誘った。先日、東京・盛岡間を往復させたことで、多門に礼を言わなければならなかった。それに、多門不二男と一緒にいてホッとする気持ちを、律子はもう一度味わいたかったのである。

「先日はどうも、ほんとにありがとうございました」

律子は腰を折って、深々と頭を下げた。

「どういたしまして」

多門不二男は初めから、茶化すような口のきき方をした。

「勝手なことばかり申しまして、お詫《わ》びのしようもございません」

律子は、顔を上気させていた。

「もう、気にしなさんな」

多門は、ニヤリとした。

喫茶室のようなところには、退屈している人間が多かった。

新たにはいって来た客に、退屈している人間は観察の目を向ける。特に挨拶を交わしたりしていると、聞き耳を立てるものだった。

まわりの席に女の客が多いと、なおさら無遠慮に視線を集めてくる。今日も白いスーツを着ていて、多門不二男は目立つ存在だった。律子の容姿にしても、同性として無視はできない。

まわりじゅうから見られていると感じて、律子と多門は急いで椅子にすわった。それで周囲の女客たちも、安心したように自分の世界へ戻っていった。

「あんなにわがままなお願いをしたってこと、あとになって恥ずかしくて仕方ありませんでした」

脚線が美しい下肢《かし》を、律子は斜《なな》めにそろえた。

「でも、元気になったようだね」

多門は胸の前で、両手を組み合わせた。

「おかげさまで……」

まぶしそうな目になって、律子は恥じらいの笑みを浮かべた。

律子は安心したときのように、胸の中がじんわりと温まるのを感じた。多門に盛岡まで来てもらったことが、二人の距離を一気に縮めたようであった。いまの律子は多門に対して、これまでになかったような親近感を抱いている。

「それは、よかった。元気でいるのが、いちばんだからな」

多門は組み合わせた両手の指を、左右交互に持ち上げるように動かしていた。

「前向きの姿勢になりましたわ」

「そう」

「楽しく生きることを、最優先しようって……」

「ほんとかな」

「あら、ほんとだわ」

「だったら、証拠を見せてもらおうか」

「そんな証拠なんて、見せようがありませんでしょう」

「そんなことはない。たとえば、おれの提案に応じるとかね」

「提案……？」

「盛岡からの帰りの新幹線の中で、おれが素晴らしい提案をしたじゃないか」

「そうでしたか」

「忘れちゃうとは、ひどいな。一世一代の提案だったのに……」

「常務さん、どんなことをおっしゃいましたっけ」

「おれと恋愛しないかって、世紀の大提案だよ」

「ああ、常務さん眠たそうにしながら、そうおっしゃってましたね」

「本気にしなかったみたいだな」

「目を半分つぶって、おっしゃることなんか、誰が信じたりしますか」

「律子ちゃんがおれの愛人になるのは、前向きで楽しくて素晴らしいことだと思ったんだけど、やっぱり駄目か」

「常務さんとは、また旅行にご一緒したいわ」

「いいねえ、おれも大賛成だ。この前みたいな、ひどい旅行じゃなくてね」

「申し訳ございません」

「今度は落ち着いてゆっくりと、旅行らしい旅行に出かけませんか」

「是非《ぜひ》、ご一緒させてください」

「さっそくですが来月早々、旅行に出るんですがね。夏休みってことで、一緒に行きませんか」

「海外ですか」

「いや、国内です。真面目な話、九州へ行くんだ」

「九州……！」

「福岡、北九州市、佐賀、長崎、熊本と回ることになっている。もちろん、仕事でですよ。社用だから、いちおう出張ってことになる」

「嘘みたい」

笑おうとしたが、律子は笑えない顔でいた。

「嘘ってことはないでしょう。会社の仕事、出張なんだから、嘘をついても仕方がないだろう」

多門は、目をまるくした。

嘘みたいと言われて、多門のほうが驚いたらしい。

「だって、近々わたしも福岡へ、行くつもりでいたんですもの」

律子は何となくあわてて、アイスクリームのスプーンを手にしていた。

偶然の一致にしろ、あまりにもぴったりしすぎる符合であった。律子は一日も早く、福岡へ行くことを義務づけられている。多門も八月になったらすぐに、九州地方を出張旅行しなければならない。

気味が悪いほどの偶然というのは、いささかオーバーだが、律子は思わず興奮させられていた。だが、決して忌《い》むべき偶然ではないし、多門と一緒に福岡へ行くということに、律子は心を動かされていた。

「それなら、なおさら好都合じゃないか。これで、決まりだ」

多門は、ブラックでコーヒーを飲んだ。

「ですけど、わたしの用があるのは、福岡市だけなんです」

「そんなこと、どうだって構わないだろう。おれも福岡を基点にして、あちこちを回ることにする」

「でも長崎や熊本へも、足を延ばしたくなるでしょうしね」

「律子ちゃんに暇ができたら、長崎でも熊本でもお連れしますよ。旅先では、臨機応変でいいんじゃないの」

「福岡にいるのは一週間って、いちおう決めてあるんです」

「おれの場合も、九州への出張期間は一週間となっている」

「あれもこれも、ぴったり一緒だわ」

「律子ちゃんの福岡行きの目的は、いったい何なの。東京のフラワーショップの仕事で、福岡へ行くってことはあり得ないだろうしね」

「プライベートな旅行です。目的は、人を捜すことです」

「人捜し……？」

「知り合いに頼まれて、福岡市内にいるというある特定の人間を、捜し出すことになっているんです。約束は守らなければならないんで、何とかするつもりでおりますわ」

「不謹慎と言われるかもしれないけど、好奇心の塊りみたいな人間にとっては、大いに興味をそそられることだね」

「その特定の人っていうのは、女性なんですけど、何となくぼやけた存在なんです。それで捜し出すには、いろいろと困難が伴うでしょうね」

「だからこそ、一種の冒険にもなるんだよ。是非とも、協力させてもらいたいな」

「常務さんのお力に、おすがりしなければならなくなったときには、よろしくお願いいたします」

「まずはとりあえず、九州へ一緒に行くかどうかを決めておきたいね」

多門はまた胸の前で、両手を組み合わせた。

「ご一緒させていただきますわ」

律子は、会釈《えしゃく》を送った。

「出発は八月一日だけど、律子ちゃんの都合はどうかな」

多門は両手の指を、忙《せわ》しく上下させていた。

「大丈夫です」

律子は、うなずいた。

「飛行機、ホテルなんかの手配は、こっちで引き受ける」

多門不二男は、新たな意欲の対象を見つけた男の目つきになっていた。

「よろしく、お願いいたします」

スプーンだけを持っていて、手をつけていないアイスクリームが、半ば溶けているのを律子は見た。

多門と同行して福岡へ向かうのは、ある意味で危険かもしれなかった。城山美代子の存在を、多門に知られる恐れがあるからだった。

城山美代子が殺される。その城山美代子は、律子が捜していた女だとわかれば、多門も当然おやっと思うだろう。城山美代子と律子とのあいだに接点があることに、気づいている人間がひとりでもいれば、まるで無関係な相手を殺すという交換殺人は成り立たなくなる。

知り合いに頼まれて人を捜すといった予防線を、初めに張ったところで何の役にも立たない。多門と一緒に福岡へ行くことで、すべてがぶち壊しになるかもしれない。

しかし、それでも律子はあえて、多門と二人で行くことにしたのであった。その理由はやはり、恐怖ということになるだろう。城山美代子という標的を、しっかりと確かめに福岡まで出向く。

そうした行為だけでも、すでに犯罪であるという気がするのだ。そうなると、ひとりで行動するのは恐ろしい。福岡へ行く、という勇気も萎《な》える。

そんなひとり旅の不安と寂しさに、耐えられるはずはなかった。多門が一緒なら、気持ちを支えてもらえる。その代わり旅行は多門と二人でするが、福岡での律子の行動は秘密にしなければならない。

城山美代子という名前、年齢、職業、住所も、多門には教えない。福岡では常に、単独で動き回るようにする。調べた結果なども、多門には報告しなければいい。

どことなく中途半端で、どっちつかずの旅行といえそうだった。そこに、犯罪には無縁な人間の甘さがある。目的に対して、徹底するところがない。綿密な計画を立てるということを、知らずにいるのであった。

律子は自分の意志で、福岡へ行くのではない。多門に、連れていってもらうのだ。だから、多門と一緒に行く。そういうことに、律子は決めたのであった。

七月二十五日になった。

その夜、律子は帰宅して郵便受けの中に、一枚のハガキを見つけた。ハガキの宛名に目をやって、律子は全身を硬直させた。宛名が『奈良井律子様方、綿貫愛一郎様』となっていたからだった。

綿貫愛一郎——。

憎悪の的《まと》であると同時に、たまらなく懐かしい名前であった。忘れられないくせに、思い出したくない名前というべきか。胸をドキドキさせながら、ハガキを捨ててしまいたくなる。

差出人は、個人になっていなかった。大田《おおた》区大森《おおもり》東五丁目、有限会社『イトー便利倉庫』というゴム印が押してある。文面も印刷で、一部の空欄に数字が書き込まれている。

貴殿との荷物預かり契約は、7月20日をもって切れましたが、いまだにご連絡を受けておりません。至急、お荷物引き取り、または契約更新の手続きにご来社ください。7月31

日までにご連絡がない場合は、お預かりの荷物はすべて処理いたします。

7月20日と7月31日の数字だけが、インクで書かれていた。綿貫愛一郎は、『イトー便利倉庫』

というところに、荷物を預けてあったようである。

それっきり音沙汰《おとさた》なしなので引き取りにくるか、あるいは契約更新の手続きをするかという督促状《とくそくじょう》なのであった。住所を奈良井律子方にして契約したので、ここへ督促状が舞い込んだ。

ただ、それだけのことだった。律子の知ったことではない。いつまで面倒をかけるのかと、律子はハガキを屑入《くずい》れの中に投げ込んだ。

しかし、風呂にはいり湯に浸《つ》かっていて、律子はふとハガキの宛先が気になった。契約したときの綿貫愛一郎の住所は、この青葉台の律子のマンションになっていた。つまり綿貫は律子と同棲していて、荷物をイトー便利倉庫に預けたということになる。

「家具とか余計な荷物とかは、どこかに預けられないかしら。ここへあなたの荷物を運び込んだら、狭いところなんで足の踏み場もなくなるわ」

「そうだな。おれの荷物は結婚するまで、倉庫に預けておこうか」

「そんな倉庫があるの」

「個人の荷物を、一カ月単位で預かってくれる便利倉庫ってのを、おれ知っているよ」

こうした綿貫とのやりとりを、律子は思い出したのであった。

去年の一月十日前後のことだった。そのとおり当時の綿貫は、家具類をはじめ大きな荷物を、イトー便利倉庫に預けたのに違いない。預けたのが去年の一月二十日で、十八カ月という契約であれば、今月の二十日で切れるだろう。

その後、綿貫は預けた荷物を引き取っていない。律子から逃げるために姿をくらましたのであれば、綿貫はイトー便利倉庫にある自分の荷物を、どうにかしてもよかったのではないか。

綿貫愛一郎の行方不明は、単なる失踪によるものなのだろうか。

三章　西の追跡

1

翌日になって律子は、屑入《くずい》れの中からハガキを拾い出した。

綿貫愛一郎は一年半も、自分の荷物をほったらかしにしている。それは、なぜなのか。ガラクタ荷物に用はないということか、それとも引き取ることができない綿貫になっているのか。

もし綿貫がこの世の人間でなくなっていれば、永久に荷物を引き取りには行かないだろう。それに律子は死んでいる綿貫を、殺してくれと人に頼んだことになる。

そのことが頭から離れずに、律子の夢の中にまで綿貫が現われたのであった。気持ちを、さっぱりさせなければならない。それには、イトー便利倉庫に電話を入れて、いろいろと問い合わせてみることだった。

律子と綿貫に接点があることを、イトー便利倉庫の社員には知られたといえる。だが、綿貫愛一郎というのは、百パーセント偽名なのだ。

綿貫が殺されても、それは別の人間として報道される。身元が明らかになって本名がわかれば、警察もその線に沿って捜査を進める。したがって、律子と結びつくことはあり得ない。

ハガキにあるイトー便利倉庫の電話番号を見ながら、律子は電話機の数字をプッシュした。まるで待っていたみたいに、一瞬にして男の声が電話に出た。

「毎度ありがとうございます、イトー便利倉庫でございます」

愛想のいい男の声は、女のようにやさしくもあった。

「恐れ入ります。少々、お尋ねしたいんですけど……」

律子は電話機に向かって、思わず頭を下げていた。

「はい、どんなことでしょうか」

「お宅は一カ月単位で、荷物を預かってくれるんでしょうか」

「はい。家を改築するあいだだけとか、一カ月間に限り同居人が増えるとか、短期間のお客さまも多いので、月単位の契約になっております」

「十八カ月でしたら、一年半の契約になりますけど、そういう半端《はんぱ》な期間でも構わないわけですか」

「それはもう、どんな月数でも結構でございます」

「個人の荷物、家具だろうと物置に入れておくような品物だろうと、預かっていただけるんですね」

「お客さまがこの荷物をとおっしゃるものでしたら、たとえ壊れたテーブルだろうとお預かりいたします。ただし腐敗するもの、異臭を放つもの、溶解したりして減少消滅するもの、それに生きものなどはお預かりいたしません」

「個人のお客が、多いんでしょうか」

「九割までが、個人のお客さまです。最近は品物を豊富にお持ちなのに住宅事情がよろしくない、一時的に移住する、捨てたくないけど不要なものが増えた、という方が多くなりましたので、個人のお客さまで手いっぱいですね」

「わかりました」

「あの、ご用件は……」

「ございます」

「どのようなことでしょうか」

「お宅から、契約が切れたという通知が来たんです」

「でしたら、すでに当社をご利用いただいているお客さまでございますね」

「いいえ、わたしは違います。わたしは、何も存じません。お宅からの通知は、同居人のところへ来たものなんです」

「そうですか」

「でも、その同居人は一年前から、ここにおりません。どこにいるのかも、わたしにはわからないんです。それで、お電話したんですけど……」

「恐れ入りますが、通知の宛名のお名前を教えていただけますか」

「綿貫愛一郎です」

「綿貫愛一郎さんですね。初めからそのようにおっしゃってくだされば、もっと早いうちに調べがついたんですが……」

ちょっぴり嫌みを言って、そのあと男は沈黙した。

コンピューターを操作していることは、気配と音でわかった。これから何を訊《き》くべきか、律子は迷っていた。大田区のイトー便利倉庫まで、出かけて行く気はしなかった。代理人では、荷物を引き取ることもできないだろう。

勝手に契約を、延長するわけにはいかない。本人でなければ、荷物の中身を見ることも許されない。結局、イトー便利倉庫のほうで、綿貫の荷物を処分するということになるだろう。

「奈良井律子さま方、綿貫愛一郎さままでございますね。去年の一月二十日から十八カ月のご契約で、総計十八個の荷物をお預かりいたしております」

男の声が、再び喋《しゃべ》り始めた。

「十八個もですか」

所帯道具一式だろうかと、律子は総量を計算していた。

「家具類はテーブル、椅子《いす》、ベッド、ソファ、ステレオなど十一個で、それからテレビとピアノ、冷蔵庫がございますね」

「ピアノ……」

「あとの四個は段ボール箱に梱包《こんぽう》されてまして、中身は書籍、衣類、美術品となっております」

「美術品ですか」

「詳しいことは、中身を出してみないとわかりません」

「そうですか。どうも、お手数をかけました」

「今月末日までに連絡がありませんと、綿貫愛一郎さんのお荷物は当方で処分することになりますが……」

「まあ、仕方ないでしょうね」

「もし何でしたら、あなたさまに契約を更新していただいて、引き続きお預かりするということもできますけどね」

「わたしには関係ありませんから、いいようになすってください」

「保管料金は、大した額じゃございませんよ」

金の出し惜しみかと嘲《あざけ》るように、男はへへへと笑った。

「お世話さまでした」

律子は、電話を切った。

少しも、さっぱりしなかった。むしろ、頭にひっかかるものが、ねっとりと量を増やしたようだった。隔靴掻痒《かっかそうよう》というか、不透明なものに対して苛立《いらだ》たしさを覚えた。

綿貫愛一郎は、去年の七月初旬に姿を消した。

それから、一年余がすぎている。その間、綿貫は日本のどこかで、快適な日々を過ごして来た。いまも、楽しくやっているのに違いない。

今後も、きっとそうだろう。二度と、律子の前には現われない。恵まれない境遇にいたら、律子のところへ戻って来ただろう。愉快な人生だと満足しているから、綿貫は律子のことなど忘れきっている。綿貫とは、そういう男なのだ。

そのように律子は、いまのいままで思っていたのである。

だが、そうでもないらしいという気が、ふっと律子の心に湧《わ》いたのであった。何か、おかしい。

イトー便利倉庫に預けた十八個の荷物を、綿貫はいまだに引き取っていない。契約期限が切れれば処分されてしまうことを承知のうえで、綿貫はイトー便利倉庫に連絡してもいないのであった。

ガラクタだから捨ててしまったと、考えられなくもない。しかし、最後には放棄するような品物ならば、初めから十八カ月分の料金を支払って預けたりするだろうか。

律子から大荷物を運んでくるなと言われたときに、残らず処分すればよかったのである。不要なものは、最初に捨てるべきなのだ。それを綿貫は律義《りちぎ》に、イトー便利倉庫に預けている。

運送代も手間もかかるのに、なぜやがては放棄する品物を預けたのだろうか。それは綿貫が、最後まで預けるつもりでいたからだと、解釈するほかはない。

然《しか》るべき時期が来たら、荷物を引き取る気でいたのである。十八個の荷物のうちでも、美術品、書籍、ピアノといったものが、引き取りたい価値を感じさせる。

ところが、綿貫は知らん顔でいる。契約期限が切れるのを、忘れているということはないだろう。東京から遠く離れていても、電話で契約更新を申し入れて、料金を振込めばいくらでも延長できるのだ。

だが、それもやっていない。

なぜか。

姿を現わさない、電話連絡もよこさないで、大事な荷物を放棄する。生きていれば、そんなことはしない。そうだとすれば、綿貫はこの世に存在しないということになる。

綿貫は律子から逃げるために、姿を消したのと違うのかもしれない。帰りたくても、帰って来られなかった。もし綿貫が死んでいれば、律子のところへも戻ってくるはずはないのである。

死体が残らないような事故に遭《あ》って、綿貫愛一郎はこの世から消えた。あるいは何らかの事件に巻き込まれ、綿貫は殺されたうえに死体も発見されていない。

そして、失踪《しっそう》という結果だけが、律子に残された――。

じっとしては、いられなくなった。電話連絡は二度までと、制限されている。二本しかない貴重なマッチであった。しかし、律子はそのうちの一本のマッチを、使ってしまうことにした。

「中林でございます」

気取ってはいるが、中林千都に間違いなかった。

中林千都が直接、電話に出るとは幸運だった。全身の力が抜けていくようで、律子はソファにすわり込んでいた。

「奥さまですね」

律子は、念を押した。

「あら……」

中林千都にも、律子の声だとわかったようであった。

「奈良井です」

律子の送受器を握る手が、ぬるっとするほど汗で濡《ぬ》れていた。

「ここは、わたくしの寝室。お話しすることは、まるで心配ありません」

中林千都は、声をひそめることもなかった。

「緊急連絡でもないのにって、叱《しか》られるかもしれませんけど……」

「わたくしは、怒ったりしませんよ。お互いに、不安なんですものね。電話をかけたくなるのは、仕方ないことだと思うわ」

「ちょっと、気になることがあったものですから、お電話したんです」

「何かあったんですか」

「綿貫のことなんですけど……」

「ええ」

「もしかすると、死んでいるんじゃないかって、思いたくなるようなことがあったんです」

「死んでいる……？」

「そうなんです」

「まさか、そんなはずはないわ」

「そんなはずはないって、何か手掛かりが摑《つか》めたんでしょうか」

「そりゃあ、わたくしだってのんびり構えているわけじゃありませんからね。打つ手は打ってあるし、万事わたくしに任せなさいって申し上げたでしょ」

「はい」

「まだ調査中っていうところで、はっきりした答えは出ていませんけど、それらしい人物がいるっていう情報がありました」

「綿貫らしい人物が、見つかったっていうことですか」

「そうじゃないの。どこにいるっていうことじゃなくて、綿貫という偽名を使っていた男を知っているって人間を、捕まえたらしいのよ」

「綿貫は、やっぱり偽名だったんですね」

「百パーセント偽名だって、おっしゃったのはあなただったのよ」

「そうでした」

「だから、わたくしだって綿貫愛一郎を偽名にしている男を捜し出すように、人に頼んだんですものね」

「はい」

「でも、その成果があったってことだわ。いまは住所不定だけど、石川県生まれの男でひとり現われたそうなの。綿貫という偽名に、心当たりがあるって男が……」

「石川県生まれの男が、そう言うんですか」

「ええ。ですから、綿貫が同じ石川県の金沢出身っていうのは、どうやら嘘《うそ》じゃないみたいね」

「それで、綿貫という偽名を使う男の本名も、わかったんでしょうか」

「和久井《わくい》三郎《さぶろう》という詐欺《さぎ》の前歴を持つ男が、綿貫って偽名を使っていた記憶がある。いまのところは、そこまでしかわかっていないのよ。でも、その石川県生まれ住所不定の男は、最近になって和久井三郎の噂《うわさ》を小耳にはさんだって言っているそうだから、綿貫こと和久井三郎が死んでいるはずはないでしょうね。それに和久井は、三十代後半だそうだわ」

「そうですか」

「誰かがドアをノックしているから、もう切るわね」

中林千都が急にあわてて、別人のように声を低くした。

「どうも、申し訳ありません」

そんな必要はないのに、律子もあたりに目を配っていた。

「じゃあ……」

中林千都は、乱暴に送受器を置いた。

その音を耳に残しながら、律子は目を閉じた。息苦しさを覚えた。ソファの背に凭《もた》れた律子の胸が、悩ましげな姿態を思わせるように波打っている。

綿貫愛一郎は、ちゃんと生きている。やはり、死んでなどいなかった。イトー便利倉庫の謎はともかく、綿貫はこの世のどこかにいるのだった。

改めて憎悪の対象を見出して、律子の感情は熱を帯びてくる。だが、同時に綿貫が生きているということで、律子はなぜかホッとしていた。

本名は和久井三郎、金沢市出身、詐欺の前歴ありと、綿貫の正体が明らかになりつつあることにも、律子はゾクゾクするような戦慄《せんりつ》を覚えるのだった。

2

八月一日の午前九時に、律子は多門不二男と羽田空港で落ち合った。

数日前から、酷暑となった。しかし、最近の夏は冷房の世界であり、建物の中にはいれば汗まみれになることはない。空港ロビーも避難場所のように、人でごった返している割《わ》りには、暑さを感じなかった。

ただ、夏休みを迎えていることで、いかにも旅行者が多すぎる。それも子ども連れが半数以上なので、見た目には何とも暑苦しい雑踏になっている。

子どもの声と動きが、喧噪《けんそう》をかき立てる。それから逃《のが》れられることを楽しみに、搭乗のときを待ち望んだが、機内へはいってもやはり同じだった。傍若無人《ぼうじゃくぶじん》な親子連れに占領されたようなもので、飛行機に乗っているという気がしなかった。

スーパーシートのほうが、先に満席になったらしい。それでもさすがにスーパーシートは静かで、落ち着いてすわっていられる気分になれた。

九時四十五分に、飛行機は離陸した。

律子は、目を閉じた。ここ数日間に頭の中でまとめ上げたことを、律子はじっくりと反《はん》芻《すう》した。もちろん、綿貫愛一郎に関することであった。

和久井三郎が本名であることには、ほぼ間違いない。これが、律子の最終結論といえた。綿貫は、金沢市出身だと自称した。和久井三郎も、同じだという。

この金沢市出身という一致を、見逃すことはできなかった。関東地方とか東京都とか、範囲が広かったり人口が多かったりする地域の出身とは、話が違うのである。

金沢市という狭い一地域に、限られているのだった。金沢市の人口というのも、たかが知れている。そうなると、金沢出身という偶然の一致は、そうそうあるものではなかった。

綿貫と名乗る和久井という男がいて、綿貫は金沢出身と自称し、和久井も金沢生まれである。そのような場合、ともに金沢出身という一致は、両者を同一人物とするための決め手にもなる。

綿貫が律子に金沢出身だと言ったのは、あながち嘘ではなかったのだ。人を騙《だま》すにしても、何から何まで嘘で固める必要はない。出身地ぐらいは、正直に明かそうと差し支《つか》えないということなのだろう。

和久井三郎には、詐欺の前歴があるという。これも、綿貫の人間像にぴたりと重なる。

綿貫は名前からしてそうだが、自称と詐称《さしょう》から成っている男であった。

正体不明であり、自分を架空の人物にしている。出身地とイトー便利倉庫に荷物を預けたことだけが、綿貫に見える真実の一面だったのだ。

どのような職業についていて、毎日どこへ出勤していたのか。また収入があったのかどうかも、わからないのである。半年間はヒモ同然に、律子に養われていた。

そのうえ、律子の貯金から七百万円を引き出して、綿貫は姿を消した。綿貫は律子に対しても、実際に詐欺まがいのことをやっている。

やり方が、いかにも詐欺師っぽい。詐欺師プラス色事師《いろごとし》、というべきだろうか。綿貫に詐欺の前歴があると言われれば、もっともだとうなずきたくなる。

詐欺の前歴があるということも、和久井三郎が綿貫と同一人物である可能性を示唆《しさ》していた。綿貫は一昨年《おととし》の暮れの時点で、年齢三十七歳と称していた。いまは三十八、九になっている。和久井三郎も、三十代後半の男だという。

さらに、名前であった。

偽名を思いつくのに、本名とどこか似せたり、共通点を作ったりするのが人間の心理というものだと、何かの本で読んだことがある。綿貫愛一郎と和久井三郎にも、それが認められる。

綿貫も和久井も、ともに『ワ』から始まる姓だった。愛一郎も三郎も、『郎』が付くことで似通っている。三郎を、一郎にする。一郎だけでは、単純すぎる。それで愛を足して、愛一郎とした。

綿貫愛一郎が偽名。

和久井三郎が本名。

そうと、決まったようなものである。しかも、綿貫愛一郎こと和久井三郎は、殺人事件の哀れな被害者などにはなっていない。悠然と、生きている。

それにしても、中林千都は実力者であった。一カ月も要することなく、すでに綿貫の正体を知る人間を捜し出したのだった。和久井三郎が本名らしいと、そこまで調べさせている。

あとは和久井三郎の行方を、追跡することであった。和久井三郎の所在を確認できるのも、もはや時間の問題ではないのか。どうせ金の威力なのだろうが、まったく大した機動力である。

しかし、中林千都はいったい、どんな人間に調査を依頼しているのだろうか。調査人は誰よりもよく、中林千都が和久井三郎を捜し求めているということを、知ってしまうわけだった。

中林千都は、和久井三郎を見つけ出して殺す。そうなったとき調査人が中林千都に、疑いの目を向けることにはならないだろうか。中林千都と和久井三郎が、一本の線で結ばれる。それだけでも、重大な秘密としなければならない。

ところが、その重大な秘密を調査人に、しっかりと握られているのである。それを思うと、律子は不安になる。よほど信用が置ける調査人なのか、あるいは大金を積んで黙らせることができるのか。

まあ、思い悩んでも自分のことではなし、どうにも仕方がなかった。律子などと違って、しっかりしている中林千都のことだから、万事抜かりはないだろう。そのように、中林千都を信頼するほかはない。

「律子ちゃんの尋ね人っていうのは、簡単に見つかりそうもないってことだったね」

多門不二男が、不意に話しかけて来た。

「えっ？　ええ、そうなんです」

驚く理由もないのに、律子はハッとなっていた。

「だけど律子ちゃんは、必ず捜し出すという信念を持っているんだ」

シート・ベルトを締め直してから、多門は胸の前で両手を組み合わせた。

「死ぬかもしれない入院中の知り合いから頼まれたことなんで、何としてでも約束は果たすつもりです」

　さっそく嘘をついたことで、律子は顔を窓外へ向けていた。

　高度を下げて、飛行機は海のうえを飛んでいる。これで眼下に市街地が広がれば福岡で、間もなく着陸となる。

「まあ初めのうちは、やり甲斐《がい》もあっておもしろいだろうな」

「そうでしょうか。わたしには、自信がありませんから……」

「いや、糸口がほぐれてくれれば、おもしろくなる。探偵ごっこに、夢中になるっていうやつでね」

「きっと、予想以上に難しいことだと思います。だからこそ一週間も、身体をあけて来たんです」

「だけど、最初のうちは律子ちゃんひとりで、やってみたいだろう」

「そりゃあ、わたしの仕事ですから、わたしひとりでやります」

「おれの出番は、ないってことだね」

「常務さんは、会社の出張でいらして、忙しいんですもの」

「ひとりでやりたい、ほかの人間の協力は不要っていうのが、意欲に燃えて大いに張りきっていることの証拠なんだよ。だけど厚い壁にぶつかったときには、律子ちゃんもそうはいかなくなる」

「そうはいかなくなって、わたしどうするんでしょう」

「おれに、応援を頼むだろうね」

「さあ、どうかしら」

「そうなったら、おれの出番だな。それまで、待つことにするよ」

「常務さんの出番を作らないように、わたしは頑張るわ」

「当然、尋ね人の名前はわかっているんだろう」

「それは、もう……」

「年齢もだね」

「ええ」

「住所は、どうなんだ」

「住所がわかっていれば、捜す必要なんてありませんわ」

「むかし住んでいたところとか、手掛かりになるっていう意味の住所さ」

「全然、わかっていません」

「職業というか、勤務先なんかはどうなんだね」

「以前の職業は、わかっています。でも、現在も同じ職場に、勤めているとは限りません」

「もし勤めを辞めていて、その後の消息《しょうそく》もわからないってことになると、かなり厳しいんじゃないか」

「ええ。糸口を、見失うってことですものね」

「まず手始めに、むかし勤めていたところに当たってみる。そこに現在も勤務しているくらいなら、律子ちゃんに頼んで捜してもらう必要はないんだから、もちろん退職しているに決まっている。おまけに、その後の行方がわからないってことになったら、律子ちゃんどうするんだ」

「さあ……」

「まだそこまでは考えていないって、律子ちゃんの顔に書いてあるな」

「いまどこでどうしているかって、何か手掛かりがあると思うんです」

「心細くて、頼りない探偵さんだ」

「じゃあ、どうしたらいいんです」

「新聞社だね」

「新聞社ですか」

「地元の新聞、これがいちばん頼りになる。地方のある一定の地域のことは、その地元の新聞の調査網が絶対と言っていい。大抵《たいてい》のことは、調べ上げてくれますよ。福岡の新聞社に、大学の後輩がいる。社会部のデスクだって聞いているけど、もし何でしたらご紹介しますよ」

多門は着陸の衝撃に、組み合わせていた両手の指を解いた。

「ありがとうございます」

律子は、作り笑いをした。

新聞社の力を借りられるようなことであれば、どんなにか楽だろうという気持ちが、律子に笑い顔を作らせたのであった。警察と新聞社へは、絶対に持ち込めない話なのである。

だが、もし尋ね人の勤め先がわからなかったら、糸を手繰《たぐ》ることができないというのは、確かに多門の指摘どおりだった。森下芙貴子からもらっている城山美代子についての情報が、あまりにもお粗末で少なすぎるのである。

城山美代子。

二十六歳。

独身。

福岡市内に居住。

九州地方のピアノ演奏のコンクールで、第一位に入賞したことがある。

福岡創真《そうしん》女子大学卒。

福岡市南区五十川《ごじっかわ》二丁目、洗心《せんしん》文化幼稚園に勤務。

家族は、両親と妹。

これで、全部であった。ほかに知ることは、森下芙貴子にもないというのである。森下芙貴子と城山美代子は、直接の友人でも知り合いでもないのだから無理はなかった。顔を合わせたことも、三、四回だけという話だった。口はきいたことがない。

城山美代子に関する芙貴子の知識は、『彼』という好きだった青年から仕入れたことになる。彼を誘惑する城山美代子となれば、なおさら詳しい話は聞きたくなかっただろう。

つまり余計なことは何も知らない、最小限度の情報しか耳にしていない、三角関係になってからは会ったこともない、という森下芙貴子と城山美代子の間柄なのだ。

それに、少ないばかりか七年前のデータに、その後の噂を付け加えたものだから、現在もなお通用するとは限らない。七年前と変わらないのは、城山美代子という名前ぐらいであった。

両親に妹という家族にしても、その後の七年間に死別しているかもしれない。いまだに、独身でいるかどうかわからない。結婚して、母親になっている可能性も大である。二十六歳という現在の年齢は、確かなのに違いない。

福岡創真女子大学を卒業した年に、九州地方のピアノ演奏コンクールに一位入賞したというのは、その当時における事実として耳にしたのだろう。だが、そうしたことは、価値ある資料にならないのだ。

福岡市南区の幼稚園に勤務したのも大学卒業後のことで、単なる噂として森下芙貴子に聞こえた話と思われる。もちろん、引き続き現在まで同じ幼稚園の先生でいることは、期待するほうが愚《おろ》かである。

勤務先がいまも変わっていなければ、そこに城山美代子がいると森下芙貴子は明言したはずだった。だが、森下芙貴子は『洗心文化幼稚園の先生でいたことは知っている』という言い方をしたのであった。

過去のことである。結婚して辞めるか、ほかへ転職するかしたと、考えたほうが無難《ぶなん》だった。奔放な男関係にうつつを抜かしていた女子学生が、大学を卒業して四年間も同じ幼稚園の先生を続けているというのが、何か場違いのように感じられるのであった。

そうなると、福岡在住というのも、あやふやに思えてくる。結婚か転職かで、九州にもいないのではないだろうか。城山美代子が東京に住んでいたら、何と馬鹿らしいことか。

そんなことにまで頭をめぐらすと、大変な仕事になりそうだと律子は気が重くなる。

ホテルについた。

博多《はかた》駅の筑紫《ちくし》口にある『博多フラワーホテル』で、新築の建物が群を抜いた高層になっていた。多門と律子の部屋は、十六階にあった。廊下を挟んで向かい側にあり、いずれの部屋もデラックス・ツインになっている。

二人はそれぞれの部屋で、旅装を解くことにした。今日は多門も、出かけないことになっていた。三十分後に顔を合わせて、食事をする予定だった。

律子は、時計を見た。

正午を、三十分すぎていた。律子は、洗心文化幼稚園に電話をかけてみようと思い立った。福岡へ来たからには真っ先に、城山美代子が洗心文化幼稚園に在職しているか否かを、確かめなければどうにも落ち着けなかったのだ。

一〇四番で、幼稚園の電話番号を調べた。幼稚園も、夏休みにはいっている。だが、幼稚園の事務所には、誰かが詰めているだろう。園長の自宅と、隣接している幼稚園が多い。

園長の家族が、電話に出るかもしれない。いずれにしても律子は、殺人への一歩を踏み出すことになるのであった。相手に誰であるかを絶対に知られてはならないと、律子は早くも犯罪者の心境に追いやられていた。

3

コールの回数を、律子は口に出していた。十二回まで数えたとき、コールがやんだ。女の声が、電話に出た。ひどく、無愛想な声だった。

初めから、間違い電話と決めてかかっているようである。夏休み中の幼稚園に、電話がかかるはずはない。もし、そのように単純な判断を下しているのだとしたら、幼稚園の職員ではなく園長の家族だろう。

「はい」

それしか言わずに、こっちの問いかけを待っている。

「洗心文化幼稚園でしょうか」

緊張しているせいか、律子の声は途中でかすれた。

「はい、さようでございます」

女の声の調子が、いきなり変わった。

間違い電話ではないと、気づいたせいだろう。

「お忙しいところ恐れ入りますが、少々伺《うかが》わせていただいてもよろしいでしょうか」

律子は言葉を思い浮かべて、それを口にすることに必死になっていた。

「あのう、どのようなご用件でしょう」

女の声が、不安そうに曇った。

「ある女性のことで、お教えをいただきたいんです」

「園長の家内でございまして、ただいま全員が留守なんだもんですから、難しいことは何もわかりません」

「いいえ、特にややこしいことではございません。園長先生の奥さまでしたら、ご存じのことと思います。実は、そちらにいらした先生のことで、お伺いしたいだけなんでございます」

「先生のことですか」

「でしたら奥さまにも、おわかりでございましょ」

「はあ……。先生方でしたらみなさん、親しくお付き合いすることになりますから、よく存じておりますけどねえ」

「城山先生のことなんです」

「城山先生……」

「もちろん現在はもう、そちらにいらっしゃらないと思います」

「はい。いまのうちの幼稚園には、城山っていう先生はおられませんねえ」

「城山美代子さんなんです」

「城山先生、城山美代子さんって、どこかで聞いたような気がするんですけど……」

「洗心文化幼稚園の先生だったことは、確かなんです」

「おいくつぐらいの方なんでしょう」

「現在、二十六です」

「二十六歳前後の先生は、三人ほどおられますけど、城山先生でも美代子さんでもございませんしね」

「福岡創真女子大学を出て、そちらにお勤めしたと聞いております」

「創真女子大を出た方は、珍しくございませんでしょう」

「家族は、ご両親と妹さんだけということでした」

「さあ……」

「城山美代子さんが、そちらにお勤めした形跡は、まったくないということなんでしょうか」

「いいえ、そうとは言いきれません。わたしが、忘れているってこともございますからね」

「短期間の勤務で、すぐに辞められた方だと、お忘れになることもあるんでしょうか」

「はあ。何しろ古くから、やっております幼稚園でございましょう。職員の新旧交替は毎年のことですし、わたしどものほうは年々もの忘れが激しくなりますしねえ」

園長夫人は、初めて笑いを含んだ声になった。

「はっきりした特徴が、あればよろしいんですけど……。これ特徴と言えますかどうかわかりませんが、城山美代子さんは大学を卒業した年に、九州地方のピアノのコンクールで一位になったことがあるそうです」

律子はベッドのあいだに立って、電話のコードを思いきり引っ張った。

「九州音楽祭の演奏コンクールですか」

園長夫人の声が、甲高《かんだか》くなった。

「そうだと、思います」

律子は園長夫人の声に、確かな反応を感じ取った。

「わかりました。九州音楽祭のピアノのコンクールで一位になったという方は、うちにひとりしかおられませんでしたから……。そうでした、城山美代子さんってどこかで聞いたような気がしたんですけど、やっぱり間違いありません。はっきり、思い出しました。城山美代子さん、確かにうちに勤められたことがあります」

興奮気味に、園長夫人は口早になっていた。

「そうですか」

尻餅《しりもち》をつくように、律子はベッドに腰を落とした。

「ほんの二、三カ月で辞められたんで、お名前だけだと印象が薄いってことになりましてねえ」

「二、三カ月で、辞められたんですか」

「大学を出た年にうちに就職されて、ピアノのコンクールで優勝して、それから間もなく退職ってことになりました。二、三カ月のあいだにいろいろなことがあって、パッといなくなってしまった方だったんです。もう、四年も前のことでしょうか」

「大学を出た年でしたら、四年前ってことになります」

「なかなか思い出せなくって、申し訳ないことをしました」

「とんでもございません。四年前に二、三カ月いただけでしたら、お忘れになって当然ですもの」

「評判の美人だった、という記憶がございます」

「はあ」

「エキゾチックというかバタ臭いというか、外人さんみたいな美人だったって、わたしも微《かす》かに覚えております」

「でもどうして、二、三カ月しかお勤めが続かなかったんでしょうか」

「さあ、どういう理由でしたか」

「城山美代子さんはかなり発展家と申しますか、ずいぶん男性関係が華やかだったと聞いておりますけど、そういうことに関連があって辞めたんでしょうか」

「よくは存じませんけど、どこにいても目立つという評判の美人でしたら、男の方にはモテたでしょうからねえ」

「男性関係のトラブルから、幼稚園の先生ではいられなくなったのかもしれませんね」

「ちょっと、待ってください！」

園長夫人の声が再び、悲鳴のように甲高く響いた。

「何か……」

律子はドキッとなって、尻の下でベッドを弾《はず》ませた。

「城山先生はもうここにはいないだろうって、まるで城山さんをお捜しみたいなおっしゃり方をなさったんで、わたしもすっかり勘違いしてしまいました」

園長夫人は、溜息《ためいき》を聞かせた。

「捜しているみたいって、わたくし城山美代子さんを捜している者なんですけど……」

律子は、戸惑いを覚えた。

「わたしも、うっかりしておりました。ですけど、もう大丈夫です。錯覚でも勘違いでもなく、城山さんのことをはっきり思い出しましたから……」

園長夫人の口調に、厳しさが加わっていた。

「城山美代子さんを捜しているからって、錯覚や勘違いをなさるというのは、いったいどうしたことなんでしょうか」

何か大失敗をしたのだろうかと、律子は不安になっていた。

「お宅さまは何もご存じなくて、生きている城山さんをお捜しなんでしょう。それで、わたしもつい勘違いをしてしまったということなんです」

暗く沈んだ声で、園長夫人はそう言った。

「生きている城山さんって……」

律子は舐《な》め回すように、視線を天井に這《は》わせた。

「お捜しになっても、見つかるはずはございません。城山さんは四年前に、亡くなられたんです」

園長夫人の声に、冷ややかさが感じられた。

「えっ……！」

弾《はじ》かれたように、律子は立ち上がった。

なおもコードを引っ張られて、電話機がテーブルのうえから落ちかかった。律子は電話を押さえながら、これは夢の中での出来事だと思った。

「ここを辞められて、一カ月後ぐらいに城山さんは亡くなったんです」

「死亡したということなんですか」

「はい」

「病気で……」

「いいえ、自殺です」

「自殺！」

「男性と一緒でしたから、心中っていうことですね」

「そんな……」

「やっぱり男性との関係が、派手だったってことになるんでしょうか。おっしゃるように、ここを辞めた原因も男女関係のもつれといったものに、あったのかもしれませんねえ。ここを辞めて一カ月後ぐらいに、男の人と心中したんですから……」

「間違いないんでしょうか」

「いくら何でも、こんなことを錯覚するはずはございません。それにもうはっきり、思い出しましたからね」

「どこで、心中したんですか」

「阿蘇《あそ》でした」

「熊本県の阿蘇山ですね」

「はい。確か阿蘇高原の草千里《くさせんり》の近く、ということだったと思います。草原に乗り入れた乗用車の中へ排気ガスを引き込んで、男の人と二人で死んでいるのが見つかりましてね。大騒ぎとまではいきませんでしたけど、新聞やテレビのニュースにもなりました」

「その男性というのは……」

「名前は記憶にありませんけど、福岡の会社員でしたね。四十すぎの男性だったんじゃないかしら」

「だったら、独身の男性じゃないでしょうね」

「はい。妻子がいる男の人との関係に悩んでとか、男性の会社の経営状態がよくなかったこともあってとか、新聞に載っていたような気がします」

「そうですか」

「どっちにしても、城山さんはもうこの世の人ではないんですから、お捜しになってもねえ」

「わかりました。それで、ついでと申しては何ですけど、城山さんの四年前の住所も、調べようがございませんでしょうか」

「四年前に辞めた職員の記録となると、とっくに処分しちゃっているでしょうから、ここにもございませんね」

「はあ……」

「どうも、お役に立ちませんで……」

「いいえ、いろいろと教えていただきまして、どうもありがとうございました」

「失礼ですけど、そちらさまのお名前をお聞かせください」

園長夫人は当然とばかり、最後にそう注文をつけた。

律子が、恐れていたことだった。適当な名前を告げておけば、それですむことであったが、律子にはそうした余裕もなかった。誰がどこから電話しているのか、園長夫人にはまるで見当がつかないということも、律子を厚かましくさせた。

「ごめんくださいませ」

それだけ言って、律子は電話を切った。

失礼なと怒っているであろう園長夫人に、申し訳ありませんと律子は頭を下げていた。

重大なことを教えてもらっておきながら、一方的に電話を切ってしまう。自分という正体が絶対に知れないとなると、人間は勝手で大胆なことができるものであった。

律子は、ベッドのうえに倒れ込んだ。手足を弛緩《しかん》させて、ぼんやりと天井を見上げる。何がどうなっているのだろうと、律子の頭の中はまだ混乱している。

城山美代子とは、この世の人間ではなかった。

四年前に、死んでいる。

律子は、低い声でつぶやいた。

「嘘みたい、そんな馬鹿なことってあるかしら」

森下芙貴子が殺したいという城山美代子は、すでに四年も前に死んでいる。死んでいる人間を殺してくれと頼む間抜けが、どこの世界にいるだろうか。

森下芙貴子は城山美代子の死を、知らなかったとしか考えようがない。だが、そのようなことが、はたしてあり得るだろうか。森下芙貴子は、福岡に住んでいる。その同じ福岡の市民である男女が、隣県の阿蘇高原で心中を遂げた。

しかも、女のほうを芙貴子はよく知っていた。付き合いはなくても、城山美代子は芙貴子にとって関心の的《まと》であった。心からの憎悪の対象であり、城山美代子を忘れることができなかった。

そんな城山美代子の死を、芙貴子が知らなかったというのは、何とも不自然ではないか。城山美代子は遠く離れたところで、ひっそりと病死したのとはわけが違う。

心中事件を、引き起こしたのだ。事件だから、新聞やテレビのニュースで報道された。芙貴子は、それを知らなかった。四年後のいまになっても、森下芙貴子は城山美代子の死に気づいていない。

どことなく、おかしかった。

芙貴子は四年前に城山美代子の死を祝って、赤飯を炊き乾杯してもよかったのである。それなのに芙貴子は、城山美代子殺しを依頼したのだった。

そうなるとやはり、芙貴子はこの四年のあいだ城山美代子の死に気づかずにいたと、断ずるほかはなかった。森下芙貴子は、本物の間抜けであり、滑稽《こっけい》なくらいの粗忽者《そこつもの》ということになる。

同時に律子は、殺人を遂行するという義務から、解放されたのであった。律子のほうが殺人を逡巡《しゅんじゅん》したり、義務を回避したりするのではなかった。

交換殺人の契約を履行《りこう》しようとしても、目的を果たすことが不可能なのである。殺したくても、死んでいる人間は殺せない。まさに劇画調の馬鹿馬鹿しさだが、律子の標的はこの世に存在しないのであった。

目の前が、明るくなった。

人を殺さずにすみ、犯罪に無縁な人間でいられる。よかったと、しみじみ思う。ただ、こうなると四人グループによる交換殺人が、契約として成立しなくなるのだった。

いったん綻《ほころ》びかけた律子の顔に、すぐさま暗雲が広がった。

4

ホテルの地下にある割烹《かっぽう》店で、懐石《かいせき》料理を食べた。

昨日から胸がいっぱいで、何も喉《のど》を通らなかったことが嘘のように、律子は食欲旺盛《おうせい》になっていた。ついさっき味わった解放感のせいで、人心地《ひとごこち》がつけば食べるものがおいしくなる。

だが、律子の口数は、少なかった。黙って、よく食べる。食事することとは別に、頭の中で思考が回転しているからだった。城山美代子が四年も前に死んでいるということが、時間がたつにつれて律子の胸のうちを大きく占めるようになっていた。

まずは、交換殺人である。

ひとりが抜けただけで、四人の交換殺人の図式は崩れ去る。律子は、殺すべき相手を失った。律子に、殺人の義務はなくなる。すると律子は、綿貫こと和久井三郎を殺してもらう権利も放棄しなければならない。

したがって、中林千都は和久井三郎を、殺さなくてもいいことになる。そうなれば中林千都も、太田黒ルリを殺してもらえる権利を失う。

倉持ミユキは、太田黒ルリ殺害を免除される。同時に倉持ミユキは、夫の昌彦殺害の依頼を引っ込めなければならない。その結果、森下芙貴子もまた倉持昌彦殺しの義務を、免《まぬが》れるのであった。

このような連鎖反応によって、全員が殺さない、殺してもらえない、ということになる。交換殺人の計画そのものが瓦解《がかい》して、初めから何もなかったという状態に戻るのだった。

瓦《かわら》が一枚落ちたために、ほかのものまでが残らず崩れ落ちる。そうした瓦解の最初の一枚の瓦を、律子が演じることになるのである。

そうなっては、ほかの三人に申し訳ない。律子にも、利益にはならない。どうしたらいいのか。やはり、沈黙を守るべきだろう。何も城山美代子は死んでいると、騒ぎ立てる必要はない。

森下芙貴子が、城山美代子の死を知らずにいるのだ。律子が口を噤《つぐ》んでいれば、芙貴子にもわからないことだった。城山美代子の死について、森下芙貴子には報告しない。中林千都や倉持ミユキにも、連絡はしないでおく。

最後まで城山美代子の行方を、追っているように見せかける。三カ月間の実行期限が切れて、十一月一日に四人が一堂に会したときに、初めて城山美代子の死亡を突きとめたと明らかにする。

卑劣、狡猾《こうかつ》、きたないやり方だろうと、交換殺人を成功させるための手段はほかにない。いまここで、四人の計画をぶち壊すほうが、よほど罪は重いだろう。

「浮かない顔をしておいでですね」

多門不二男が、ニヤリとした。

「しっかり、食べてます」

律子は、曖昧《あいまい》に笑った。

「あまりにも、寡黙《かもく》すぎるんでね」

多門はビールをやめて、ウイスキーの水割りを飲み始めていた。

今日はどこへも出かけないとなれば、呑兵衛《のんべえ》の多門が昼間からだろうと、本格的に大酒を喰《く》らっても不思議ではなかった。

「わたし、いつもそんなにお喋りでしょうか」

律子は、肩をすくめた。

「いつもはもっと、目に輝きがあるんでね。いまはそれがないから、心配にもなりますよ」

多門は水割りのお代わりを頼もうとして、ウイスキーのボトルを持ってくるように注文を切り替えた。

「ほんとうは、ショッキングなことがあったんです」

正座したスカートの裾《すそ》を、律子は引っ張るようにした。

多門に話しても、構わないのではないか。城山美代子は死んでいて、律子も殺人にかかわりがなくなった。そうだとすれば、秘密にする必要もなくなると、律子は思ったのだった。

「ショッキングなこと……」

多門は、律子を見据《みす》えた。

「さっき、お部屋から電話をかけたんです。城山美代子という人が、むかしお勤めしていたっていうところにね」

運ばれて来たボトルや氷を、律子は自分のそばに置くように指示した。

「その城山さんというのが、律子ちゃんの尋ね人なんだ」

多門は指で目の前に、『城山』という字を書いた。

「そうなんですけど、電話をしてみてびっくりさせられました。城山美代子さんは、四年前に亡くなっているんです」

律子は、多門のための水割りを作った。

「何だって……！」

多門はそっくり返って、後ろへ倒れそうになった。

「人間って、わからないもんですね」

律子は多門の前に、水割りのコップを置いた。

実感であった。死んでいるのではないかと疑った綿貫こと和久井三郎は、どうやらちゃんと生きているらしい。それに対して当然、生きているはずの城山美代子が、四年前に死んでいたのだった。人間の生死は、予測できなかった。

「律子ちゃんに、その女性を捜してくれって頼んだ人は、とっくに死んでいるっていうことを知らないんだ」

あきれた顔で、多門は水割りに口をつけた。

「まさかと、思っているでしょう」

「そりゃあそうだ」

「亡くなったって聞いたとき、わたしだって呆然《ぼうぜん》となりましたもの」

「律子ちゃんは、死んだ人を捜してくれって頼まれたんだな」

「そのために九州まで、わざわざ来たんですものね」

「笑っちゃいけないけど、皮肉にして滑稽な話だね」

「わたしもう、福岡には用がなくなりました」

「九州にいる一週間を、休養に充《あ》てればいいじゃないか」

「何だか、悪いみたいですけど、そうしますわ」

「だけど、その人どうして死んだんだ。若い人じゃなかったのかな」

「二十二歳で、亡くなったことになります。もちろん病死じゃなくて、心中したんだそうです」

「心中……!」

「妻子ある男性と阿蘇山の高原で、排気ガスを吸っての心中でした。つまり、自殺ってことだわ」

「だったらニュースとして、新聞にも載っただろうな」

「載ったそうです」

「新聞の記事で確認したほうがいいね、律子ちゃん。人から聞いただけの話じゃあ、絶対とは言いきれないだろう。いい加減な話を鵜呑《うの》みにして、その人が生きていたら大変なことになる」

「そうですね」

「信用できるのは、新聞記事だよ。大学の後輩に連絡して、福岡日報のコピーを持ってこさせよう」

親指と中指で、多門は輪を作った。

「お願いいたします」

新聞社を恐れる理由もなくなったのだと、律子は頭を下げた。

万が一にも、城山美代子が生きているということはないだろう。洗心文化幼稚園の園長夫人が、そんな嘘をついたり作り話を聞かせたりするはずはない。

また、間違えるようなことではなかった。百パーセント、信じていい。しかし、多門の言うとおり念のために、公的な記録で確認しておくことは大切である。安易な断定は、律子にとって危険だった。

翌日、多門は正午すぎに出かけた。北九州市へ行く、ということであった。北九州市に、多門陶器の九州支社がある。九州四県の多門陶器のマーケット視察が、今回の多門不二男の社用ということらしい。

夕方になって律子の部屋にボーイが、フロントに届けられたという封筒を持って来た。

福岡日報の封筒であり、中身は新聞のコピーだった。

律子は、新聞の日付を見た。四年前の七月三十日の発行で、福岡日報の社会面がコピーされていた。心中事件の記事が、中段にはめ込んであった。

『福岡の男女が阿蘇で心中』というだけの見出しで、記事全体もそれほど大きく扱われてはいなかった。いちおう、男と女の顔写真は載っていた。

コピーした新聞の顔写真にもかかわらず、女のほうはたいへんな美貌《びぼう》であることが見て取れた。顔写真の下の名前も、間違いなく『城山美代子さん』となっている。

律子は、記事を読んでみた。

城山美代子、二十二歳、無職であった。洗心文化幼稚園を退職したあと、城山美代子はほかに勤務先を持たなかったのだ。それで、無職とされているのだろう。

男のほうは、江藤聖次《えとうせいじ》、四十歳である。会社員ではなく、広告会社の経営者だった。小さな広告会社の社長らしい男を、律子は想像していた。

心中した場所は、阿蘇高原の草千里と載っている。江藤聖次所有の乗用車の中で、二人は抱き合うようにして死んでいた。排気ガスで中毒死する前に、二人は睡眠薬とウイスキーを飲んで眠ったようである。

遺書も、車の中にあった。

遺書によると、二人の関係は二年間近く続いていた。だが、江藤聖次の離婚がままならず、家庭不和と妻の攻撃に美代子まで巻き込まれ、二人は精神的に疲れ果てた。それに加えて、江藤聖次の広告会社が経営不振に陥《おちい》り、倒産の危機に瀕《ひん》していた。二人はともに天国で安らかな日々を送りたいと、心中の動機がそのように記されていた。

城山美代子の死は、完全に確認された。四年前に、城山美代子は死亡した。そのことはもはや、否定しようがなかった。それにもうひとつ、森下芙貴子がこの心中事件に、まったく気づいていなかったということも明白になった。

新聞のコピーには、福岡日報のネーム入りの便箋《びんせん》が添えられていた。その便箋には、次のような走り書きがあった。

城山美代子の両親と妹は心中事件により住み辛《づら》くなったためか、同年十月に福岡市を離れ東京へ移転したそうであります。移転先、いまでは不明。

なお、城山美代子と親しかった友人が、左記のところに勤務しているそうです。

福岡市西区小戸《おど》二丁目、福大《ふくだい》産業株式会社総務課。電話――。富塚夕記《とみづかゆき》。

律子は、富塚夕記という故人の友だちに一度、会ってみたいと思った。城山美代子は死亡しているのだから、余計な行動は差し控えたほうがいいかもしれない。

だが、城山美代子の行方を追って、こういう人にも会っていると言えることが、後日の役に立つとも考えられる。それに、律子が城山美代子という女に、興味を抱いたことも事実だった。

華やかな男関係。

悪女ともいえそうな自由奔放さ。

妻子ある男との恋愛。

そして極《きわ》めてあっさりと、二十二歳の若さと美貌を捨てて、男と一緒に死んでいった女——。

そういう強烈な人生を持った若い美女に、律子は一種の魅力を感じるようになっていたのだ。城山美代子という女のことを、もっとよく知りたかった。

城山美代子の生きざまに触れてみたいと、律子は思うのである。両親と妹は東京で生活しているそうだし、富塚夕記という友人のほうがより真実を語ってくれるに違いない。福岡にいて、何もしないでいるのでは、能がなさすぎる。

夕方には戻ると言って出かけたが、夜になっても多門は帰ってこなかった。夜といっても、まだ窓の外には残照がたなびく午後七時であった。多門も明るいからと、帰る時間を間違えているのかもしれない。

律子は、テレビをつけた。

七時からのNHKのニュースを見るためであった。

毎度お馴染《なじ》みの男女のアナウンサーが、画面に登場した。全国ネットのニュースで、国内政治、外交、海外の話題と進む。そのあとを受け継いで、女のアナウンサーが『事件』を報じた。

「このところ名古屋市内で、立て続けに一人前の大人が急に行方不明になるという失踪事件が相次いでおりますが、また男性がひとり消えてしまったという届け出が警察にありました」

演技かどうかはともかく、女のアナウンサーはひどく深刻な顔つきになっていた。

椅子にすわっていて、律子は荒っぽく上体を起こした。名古屋市での事件と聞いて、倉持ミユキのことを思い出したのである。次の瞬間、律子は予感の的中に、身体が凍りついたようになった。

「届け出たのは、名古屋市千種《ちぐさ》区清住《きよずみ》町の中学校教員、倉持ミユキさん三十五歳で、行方不明になったのは夫の倉持昌彦さん三十一歳です。倉持さんの話によりますと、夫の昌彦さんは先月三十一日の午後八時ごろ、タバコを買いに行くと家を出たまま帰らなくなりました」

アナウンサーと替わって、男の顔が画面に映し出された。

倉持昌彦の写真で、なかなかの美男子が取り澄ましていた。倉持ミユキ、倉持昌彦という名前が律子の耳の奥で、ガンガン鳴るように響いた。

「名古屋市内ではこの一ヵ月間に、三十代の男性二人、四十代の女性ひとりが、いずれも家の近くまで出かけて、それっきり帰宅しないという事件が相次ぎ、家出をするような人たちではないことから、あるいは拉致《らち》されたのではないかと不安を募らせております。今回の倉持昌彦さんも三十代の男性で、家出とか失踪するとかの理由がなく、タバコを買いに行ったまま姿を消したという共通点もあって、すでに行方不明になっている三人との関連性を、警察では調べております」

画面に戻ったアナウンサーが、そう言葉を続けた。

律子は、テレビを消した。血がのぼった頭をかかえて、律子は椅子のうえで背をまるめた。相次いで行方不明になった三人の男女については、どうなったのか見当もつかない。

しかし、倉持昌彦に限っては、その運命というものが読み取れる。

それは、警察に届け出た倉持ミユキにも、よくわかっているはずだった。森下芙貴子が、分担する倉持昌彦殺害を実行に移したのである。ついに、交換殺人はスタートした。

律子は、そのことに恐怖を覚えたのであった。

5

八時三十分を回ったころ、多門不二男が律子の部屋を訪れた。いまホテルへ、戻って来たということだった。アルコールの匂《にお》いを、多門はさせている。

北九州市で、接待の酒を飲んで来たのに違いない。夕方に帰るというのが、夜の八時半まで延長されたのも、そのせいだったのである。

だが、律子に不満はなかった。多門の帰りが三、四時間遅れようと、律子に文句はない。多門を待っては、いなかったからだった。むしろ、ひとりでいたことで、律子は救われたのであった。

髪の毛をかきむしりたい気持ちでいるとき、誰かに顔を見られるのは拷問《ごうもん》の苦痛に似ている。人のいないところで自分を殺さずに、泣いたり悶《もだ》えたりするほうが、苦悩の重みがいくらかでも減るのである。

律子は一時間も、部屋の中を歩き回っていた計算になる。足が疲れたときだけ、ベッドに引っくり返る。実際に、髪の毛をかきむしった。ベッドに、頭を打ちつけた。

シャワーを、使う気にもなれない。もちろん、食欲があろうはずはなかった。律子の体内は後悔の念でいっぱいであり、ジュースや水がはいる余地もない。

そうした場合に多門が目の前にいて、相手になってくれたりしたら、律子は頭痛や吐き気に襲われたことだろう。だから多門の帰りが遅くなったことで、律子が気分を悪くするはずはなかったのだ。

「食事は……」

悪戯《いたずら》が見つかった子どものように、多門はバツの悪そうな目つきでいた。

律子は、首を振った。

「おれを、待ってくれちゃったのか。それは、申し訳ない」

多門は二、三回、手で脳天を叩《たた》いた。

「いいえ、食欲がなかったからです」

律子は、笑顔を作った。

「じゃあ、いまから食べに行こう」

多門は、ドアのほうへ足を運んだ。

「いまも、まだ駄目だわ」

多門を呼びとめるように、律子は大きな声を出した。

「食欲なしなの」

多門は、向き直った。

「何かが、胸につかえているみたいで……」

それが癖になったように、律子はベッドの足元を往復した。

「具合が、悪いんじゃないのか」

「別に、自覚症状はありません」

「じゃあ、精神的なものだ」

「だって、あれから誰とも会っていないんですもの」

「おれが出かけてから、部屋の外へは出ていないんだ」

「ええ、電話もかかりません。わたしのほうから、かけてもおりません。福岡日報から、それが届いただけです」

「これに何か、ショックを受けるようなことが、書いてあったんじゃないの」

「いいえ、四年前の阿蘇高原での心中事件の記事、それと城山美代子さんと親しかった女性がいるっていうメッセージ、それだけです」

「律子ちゃん、顔色もよくないよ」

「お化粧を、落としたからでしょう。食欲がないのも、疲れているからって、その程度のことなんです」

「まあ、本人が大丈夫だって言うんだから、確かなんでしょうね」

「常務さん、お食事はおすみなんですか」

「いや、飲んだだけだ」

「でしたらルーム・サービスで、何か召し上がったらいかがですか」

「おれみたいな呑兵衛はね、いったんアルコールがはいると、求めるのはアルコールだけになるんだ。だから正直な話、律子ちゃんが食べたくないっていうんで、おれはホッとしたんですよ」

「わたしに付き合って、食事する必要はなくなったってね」

「そう」

「でしたら、どうなさるんですか」

「食べるより、飲みたいですよ」

「じゃあ、そうなさればいいのに……」

「そうだ、一緒に飲みに行こう。逆療法ってやつで、律子ちゃんも酔っぱらったら、案外すっきりするかもしれない」

バンザイをするように、多門は両手を高く差し上げた。

「さあ、どうでしょうか」

酔っぱらって何もかも忘れるというのも、ひとつの方法だと律子は思った。アルコールによって、苦悩から解放された。あるいは泥酔したことで、気分転換ができた。そういう経験は、いまだかつてなかった。逆に、酒の力を借りていやなことを忘れようとしても、酔いが醒《さ》めれば元に戻る、という話は聞かされたことがある。

だが、いまは今夜だけでもいいから忘れたいというところまで、律子は気持ちのうえで追い込まれている。それで、酔ってみるのもいいではないかという囁《ささや》きが、律子を誘うのだった。

「いいから、行きましょう」

多門は、ドアをあけた。

「ホテルのバーでしたら……」

律子は言った。

「もちろん、出かけたりはしませんよ。じゃあ、九時にノックします」

多門は、部屋を出ていった。

律子は鏡に向かって、ヘアブラシだけを使った。化粧は省略して、口紅も塗らなかった。多門に美しいと思われたい、といった自意識も湧いてこないのだ。大勢の人から注目されることは、かえって不安である。

これは、殺人グループの一員となった女の顔だと、鏡の中の自分に情《なさ》けなさを覚える。

いまから、殺人グループを離脱することはできない。

すでに、矢は放たれている。いまさら、律子の標的は存在しないからと主張しても、間に合わなかった。倉持昌彦だけでも殺害されれば、四人の女による殺人謀議の罪は成立する。

実行犯にならなかろうと、律子には殺人を依頼した事実がある。綿貫こと和久井三郎が殺された瞬間に、律子は殺人犯になるのであった。

立派に殺人グループの一員だし、もはや逃れることはできない。完全犯罪となって迷宮入り、という結果に終わることを期待するほかはなかった。

しかし、それ以前に絶望感と、恐ろしいという思いがある。罪が発覚する、処罰される、刑務所生活を送る、といったことは二の次であった。

それよりも、自分に犯罪者の烙印《らくいん》が押されることを恐れる。たとえ犯罪そのものが発覚しなくても、死ぬまで沈黙を守り、良心の痛みに耐《た》えて、生きていく惨《みじ》めさに絶望するのだ。

出口のない地獄の底で、一生を終える。みずからに残された汚点は、絶対に消えることがない。なぜあんなことをしたのかと、後悔し続けるという十字架は何にも増して重い。その十字架への恐怖感であった。

それらから逃れるために、人間は死を考える。殺人犯がすぐさま自殺を遂げるのは、決して珍しいことではない。そうした自殺は大半が、逮捕や刑罰を恐れるためではないのである。

少なくとも今後、自分には人並みの生き方が許されない、という漠然とした絶望感から自殺する。人間が人生全般を通じてもっとも恐れるのは、人並みに生きていけないということなのだ。

いまの律子が、そうであった。これまでのような精神的自由が、律子の未来にはもう与えられない。それなら死ぬほかはないだろうと、絶望感が自殺へのレールを敷こうとする。

死んだほうが、マシかもしれない――。

ホテルの地階にあるバーにいて、律子は最初のうちそのことばかりを考えた。だが、酔いが回るに連れて、死が遠のいていく。何も自殺することはない、なるようになるだろうと、自堕落な気分がじんわりと広がる。

バーのカウンターに、何人かの客がいる。多門と律子だけが、遠く離れてテーブル席についていた。照明が暗いうえに、天井、壁、床の絨毯《じゆうたん》も黒だった。

小さな闇《やみ》の世界にいるようで、落ち着けて心が安らぐ。多門はウイスキーの水割り、律子はブランデーを飲んだ。多門がウイスキーとブランデーをボトルで注文したので、従業員が席に近づいてくることもない。

「福岡には、今夜を含めてあと三泊するんだもの。ウイスキーやブランデーをボトルでもらっておいても、ここを出るときには一滴だって残っちゃいないよ」

片目をつぶって、多門はニヤリとした。

「わたしもそれまでに、ブランデー一本あけちゃおうかしら」

律子も、白い歯をのぞかせた。

笑えることが、不思議であった。まだブランデーは、グラスに三杯しか飲んでいない。しかし、酔いが回るという自覚はあったし、身体が火照《ほて》るように熱くなっていた。

飲酒癖も習慣もない律子が、空《す》き腹にブランデーを続けて流し込んでいるのだから、酔うのは当然であった。姿勢は正しているが、肩の線と言葉遣《づか》いがやや崩れていた。

「頼もしいことを、言ってくれますね」

多門は楽しむように、律子のグラスに四杯目のブランデーを注いだ。

「常務さんは、明日どこへいらっしゃるんでしたっけ」

律子は両手でグラスを包むこともなく、いきなりブランデーに口をつけた。

「明日は福岡市内だから、午前中はのんびりできる」

「明後日は……」

「佐賀市です」

「それで次の日は、長崎へ向かうんでしょう」

「そう」

「長崎に一泊して、翌日は熊本ってことだったわね」

「律子ちゃん、どうする。長崎、熊本と一緒に回りますか」

「よろしいかしら」

「もちろん、大歓迎ですよ」

「でしたら、ご一緒させていただきますわ」

「律子ちゃん、本気なんだろうね。酔いが醒めたら全面取り消しだなんて、そりゃ許しませんよ」

「本気です、誓います」

「よろしい」

「何だか、楽しくなっちゃったわ」

「ほれ、みなさい。逆療法、酔って気分すっきりですよ」

「酔ったみたい」

「もっと、お酔いなさい」

「はい」

律子は、グラスを差し出した。

これが六杯目だと、律子が数えていたのはここまでであった。

「だけど律子ちゃん、酔いが回ると色っぽいねえ」

多門は目を見はって、律子の顔をじっくりと眺めやった。

瞼《まぶた》のあたりから頰《ほお》にかけて、ピンク色に染まっている。とろんとした目つきでありながら、黒い瞳《ひとみ》が潤《うる》んだように輝いていた。相手をじっと見つめるときに、巧《たく》まざる媚《こ》びが添えられる。

「そうかしら、常務も酔っていらっしゃるから……」

律子の『常務さん』という呼び方が、いつの間にか『常務』に変わっていた。

この辺から、律子は多門とのやりとりの一部が、わからなくなってくる。いかに酔っぱらっても、七時のテレビのニュースで報道されたことを多門に打ち明けてはならないと、律子は繰り返し自戒していた。

そのために、愚にもつかない話の内容になったらしい。それで記憶から欠落した部分が、多くなったのかもしれない。とにかく十二時になったと知らされて、びっくりしたことはよく覚えている。

多門と律子は、バーを出た。足を取られるような醜態を演じないで、律子は真っ直《ま》ぐ《す》に歩くことができた。エレベーターの中と十六階の廊下で、多門と律子は腕を組んだ。

律子は、多門に凭れかかった。何となく、泣けてしまいそうだった。ひとりになるのが、寂しくて恐ろしかった。多門から離れたくないと、律子は思った。

律子は、自分の部屋の鍵《かぎ》を取り出さなかった。腕を組んだままでいた。多門の部屋のドアが開かれ、律子もそこへ足を踏み入れることになる。多門も律子も、当然のことのように行動した。

多門が、律子を抱き寄せた。

律子は、多門の胸にすがった。

「もっと、強く抱いて。わたしが誰かに連れていかれないように、強く抱いてほしいわ」

律子は、泣き出していた。

多門は強い力で、律子を抱きしめた。息が詰まりそうになったが、律子のふわふわした不安定な気持ちは消えた。律子は、多門にしがみついた。

いつまでも、多門の逞《たくま》しい腕の中にいたかった。肉体の触れ合いが、寂しさに暖かい風を吹き込んだ。孤立感が、解けていく。もっと完璧に、多門とひとつになりたい。そのうえで、安心して眠りたかった。

そうなれば、死ななくてすむ。それらは酔っていようと、律子にとって切実な思いであった。そういう実感が、嬉《うれ》しかったり悲しかったりで、いっそう激しく律子を泣かせるのだった。

「やっぱり、どうかしていたんだな。だけど、もう大丈夫だ」

多門は宥《なだ》めるように、律子の背中を撫《な》で回した。

「壊れるくらいに、抱きしめて。わたしを、メチャメチャにして」

律子は、そう口走っていた。

「律子ちゃん、愛しているよ」

多門の声が、律子の耳をくすぐった。

「嬉しいわ」

律子はのけぞって、多門の首に両腕を巻きつけた。

目を閉じていても、多門の唇が近づいてくるのがわかった。律子は、それを待った。唇が、重ねられた。律子は、多門の舌を迎え入れた。

舌が、絡み合った。しっとりと重く、唇と唇が密着している。しかも、舌の動きが激しい。それには丁寧《ていねい》さに加えて、技巧的なものが感じられた。

律子は価値のあるディープ・キスを、初めて経験したような気がした。律子の身体から、力が抜けていく。下半身が重くなり、膝《ひざ》が崩れそうになる。

多門の両手が、律子の腰を支える。甘美感が、律子を陶然とさせた。アルコールによっても、完全には麻痺《まひ》させられなかった不安感が、いまは頭の中に一片も残っていない。別世界へ、運ばれたのである。

律子は、女になっていた。

6

翌日の午前十一時に、律子は福大産業という会社に電話をかけた。

福岡日報の社会部デスクからのメッセージにあった番号は、福大産業の総務課の直通電話だったのだ。電話に出た女の声が、『総務課でございます』と言った。

律子は、富塚夕記の名前を告げた。女の声が『お待ちください』と応じたことで、律子はホッとさせられた。富塚夕記は外出中、休暇中、あるいは退職したという返事を聞かずにすんだのである。

「富塚ですけど……」

甘く澄んでいる女の声には、快《こころよ》い明るさが加わっていた。

「お忙しいところ、恐れ入ります。わたくし、東京から参りました奈良井という者なんですけど、是非《ぜひ》ともお目にかかりたくてお電話いたしました」

律子は、偽名を使わなかった。

すでに死亡している城山美代子を、殺す必要がなくなったからというだけのことではない。律子が富塚夕記に会うことは、多門にも福岡日報の社会部デスクにも知られている。いまさら偽名を用いて誤魔化《ごまか》しても、まったく無意味なのであった。

「どういうご用件でしょうか」

警戒するふうもなく、富塚夕記の声には屈託がなかった。

「プライベートなことなんです。四年前に亡くなられた城山美代子さんのことで、お話を伺いたいんです」

「城山美代子さんですか」

「いちばん親しくしていらした富塚さんが、城山さんのことにはお詳しいと伺ったもんですから……」

「そんなふうに、誰からお聞きになったんでしょう」

「新聞社の方からです」

「新聞社ですか」

「福岡日報の記者の方から……」

「やっぱり、そうですか。四年前の事件のときに、わたし何度も福岡日報に取材されているんです。それで、城山さんに関しては、わたしがいちばん詳しいってことになったんでしょうね」

「いかがでしょう。お会いできますでしょうか」

「創真女子大で一緒だったというだけですし、古い話には忘れたことも多いですから、詳しいっていえますかどうか……」

「ご存じのことを、お聞かせ願えれば結構なんです」

「お急ぎでしょうか」

「はい」

「東京からわざわざお見えでしたら、明日っていうわけにはいきませんでしょうね」

「できましたら、今日のお昼休みにでも……」

「でしたら、十二時三十分に……」

「わかりました」

「会社、ご存じですね」

「はい」

「じゃあ十二時三十分に、会社の正門前に立っております」

「お願いいたします。わたくし、奈良井と申します」

「では、のちほど……」

富塚夕記の声は、笑いを含んでいた。

見知らぬ相手だからと、構えるところがなかった。開放的で親切で、人のいい女を想像させた。

「失礼いたしました」

電話を切りながら、律子は少しも意気込んでいない自分に気がついた。

富塚夕記と会うことに、積極的ではないということなのだ。どうでもいいように、思えてくるのであった。律子の意識は、廊下を隔《へだ》てた多門の部屋へ向けられている。

今朝の七時に、律子は多門と同じベッドで目を覚ました。五時間しか眠ってないが、酔いは醒めていた。多門も目を開き、二人は裸身を絡めた。

それから、再び愛し合うことになった。昨夜よりは素直に身体を開き、狂おしく多門を迎え入れる律子に変わっていた。昨夜の律子の肉体は、まだ多門に馴染めなかった。気持ちのうえでの抵抗感も、どこかに伴っていた。

そのせいか、狂乱するところまではいかなかった。心は女になりきっているのに、酔いが感覚を鈍くしているということもあったのだろう。多門の愛戯《あいぎ》に歓喜はしたが、結合してからの律子の性感は頂上を極めずに終わった。

しかし、今朝は初めから違っていた。前戯の段階で、律子はわれを忘れることになった。多門に貫《つらぬ》かれてからは、枕《まくら》を四枚も払い落とすほど乱れた。

性感は限界を突き破って上昇し、極致に達したようなエクスタシーが訪れた。重々しく押し寄せるエクスタシーは、長く尾を引いて律子の絶叫を誘った。

そのあと、多門と律子は再び眠りに引き込まれた。まどろみから覚めて、時計に目をやると、九時半になっていた。多門は、熟睡している。

律子はベッドを抜け出して、手早く衣服を身にまとった。自分の部屋に戻り、律子は風呂にはいった。まだ身体の芯《しん》に、歓喜の余韻《よいん》が残っている。律子は湯の中で、うっとりと目を閉じた。

そのときから、律子の意識は多門に向けられっぱなしなのである。

どうして昨夜、多門と結ばれることを望んだのだろうか。恋愛しないか、愛人にならないかという多門の誘惑に、結局は乗ったと判断すべきなのか。

孤独と不安から逃れるための手段として、多門にすがってしまったのだろうか。自分をメチャクチャにしたいという衝動が、思いきったことをさせたのか。

それとも、ただ単に男との関係を断って一年余の女の肉体が、セックスへの欲望に惑わされたのか。

あるいは、互いに相手の魅力を認め合っている男と女が、旅先で当然の成り行きとして結ばれたということなのか。

そのような理屈や分析は、もうどうでもよくなっていた。要するに、今後も男女関係を維持する多門と律子になったのである。律子にとって、多門は忘れられない男なのだ。いつも一緒にいたい、離れたくないと、律子は多門に夢中なのであった。

一時間後に風呂から上がり、化粧と着替えをすませた。今日の律子がやるべき仕事は、富塚夕記と会うことだった。そう思いついて電話をかけたぐらいだから、意欲的な律子であろうはずはなかった。

いまでも、行きたくはない。許されることなら多門の部屋に戻って、彼のベッドにもぐり込みたかった。だが、多門も午後から、出かけることになっている。

富塚夕記とも約束してしまったことだし、仕方がないと心に鞭打《むちう》つほかはなかった。淡いブルーのスーツを着た姿を、チラッと鏡の中に見てから、律子は部屋をあとにした。多門には、声もかけない外出であった。

まる二日ぶりに、博多フラワーホテルを出た。直射日光の強さが、八月という季節を思い起こさせた。ホテルの前から、タクシーに乗った。

博多駅の筑紫口から、西区の小戸二丁目まで、そう遠くはないということだった。十二時三十分には間違いなく、福大産業の正門前につくと運転手が約束した。

それでも博多区から中央区、早良《さわら》区を通過して、西区へはいるらしい。区そのものが小さいから、遠くないといえる距離なのである。東京の区を考えたら、近くはないだろうと心配になる。

通過するひとつの区の幅が四キロ程度なので、多少の渋滞はあってもなるほど遠くはなかった。大濠《おおほり》公園を西へすぎると、すぐに早良区であった。

早良区の三キロを横切って、西区へはいる。福岡市も郊外であり、西区を抜ければ郡部の町だという。国道も鉄道も、佐賀県の唐津《からつ》市へ向かっていると運転手がガイドしてくれた。

多門を、愛している。

綿貫こと和久井三郎の存在は、昨夜を境に遠のいた。はるか彼方《かなた》に、消え去ったのであった。

和久井三郎のことは、律子の心に残ってもいない。まったく無縁の他人と、変わらなくなった。

過去と同様で、無に帰した。思い出にもならないとなれば、憎しみ、怒り、恨みの対象ではなかった。和久井三郎に対しては、もう何の感情もないのである。

そんな人間を、どうして殺す必要があるだろうか。和久井三郎がどうなろうと、律子は嬉しくもないし悲しくもないのだ。それを殺してくれと依頼するほど、無意味で無駄なことはなかった。

そのために交換殺人グループに加わるとは、世界一の大間抜けということになる。一カ月早く多門と結ばれていたら、こんなことにはならなかった。

いったい律子自身の愚かさなのか、皮肉な運命というべきなのか、いずれにしても取り返しはつかないのであった。だからこそ、いっそう後悔の念が膨張する。

人並な未来を、望めないだけではなくなった。絶対に失いたくない多門を、失うかもしれないのである。後悔が倍加して、律子を責め立てる。

小戸二丁目についた。

半島のように海へ突き出した部分に、小戸一丁目から三丁目までがあった。小戸三丁目の大きな団地を抜けて、北側の海寄りが小戸二丁目になっている。

福大産業の正門前で、タクシーは停まった。福大産業の本社と福岡工場がここにあり、ロッカーをはじめ金属製の棚や事務机に椅子などを製造している企業であることが、正門脇《わき》の案内板に記されていた。

その案内板の横に、二十代半ばの女の姿があった。富塚夕記に、違いなかった。特に美人ではないが、知的で上品なお嬢さんタイプである。

タクシーを降りて、律子は女に会釈《えしやく》を送った。

「富塚さんで、いらっしゃいますか」

律子は、女に近づいた。

「はい、あのう奈良井さんで……」

女の笑顔が、明るかった。

電話で聞いたあの甘く澄んだ声も、まるで変わっていなかった。

「お昼休みなのに、ほんとに申し訳ございません」

律子は改めて、深く頭を下げた。

「いいえ……」

富塚夕記も、腰を折った。

ピンクのスカートに白のブラウスという服装が、富塚夕記の清潔感を際立《きわだ》たせていた。まだ独身らしく、結婚指輪をはめていなかった。

「どこで、お話ししたらよろしいかしら」

律子は、あたりを見回した。

「暑いですけど、少し歩きましょうか。とても、景色がいいところですので……」

富塚夕記が言った。

「ほんとに、明るいですわねえ」

雲ひとつなく、真っ青に晴れ渡った夏空を、律子は振り仰《あお》いだ。

その青空の下には、紺碧《こんぺき》の海が広がっている。博多湾だが、北は玄界灘《げんかいなだ》と溶け合っているので、大海原《おおうなばら》として眺めることができる。律子は久しぶりに、海らしい海を見たような気がした。

そこには、雄大な空と海の景観によって、鮮やかに描かれた夏があった。古い記憶に刻まれている大自然の魅力に、律子は懐《なつ》かしく接したのである。

日射しの強い割りには、顔を焼かれるような暑さは感じなかった。海からの風が、ほどよく地上を吹き抜けるせいかもしれない。律子と富塚夕記は、自分たちの濃い影を踏んで歩いた。

「美代子さんと、何かご縁がおありなんですか」

　富塚夕記のほうが、先に口を開いた。

　もっともな、質問だった。

「直接のご縁は、ございません」

　そう答えながら律子は、どのように話を取り繕《つくろ》うかを考えていた。

「美代子さんは、もう四年も前に亡くなったんですしね」

　いまになって城山美代子の何を知りたいのかと、その辺のところに富塚夕記は疑問を感じているらしい。

「城山美代子さんのむかしを知っている人が、わたくしの友人におりましてね。その人が城山さんの近況を調べてくれって、言い出したんです」

　律子は最初からの作り話を、そのまま活用することにした。

「東京に、住んでいらっしゃるんですか」

「ええ。ですけど入院中なんで、自分では動けませんの。それで、九州を旅行することになったわたくしに、ついでにって頼んだんです」

「その方は、城山さんが亡くなったことを、ご存じなかったんですね」

「東京にいればニュースで知るだけですから、新聞の記事を見落とせばそれっきりですものね」

「そうですか」

「わたくし福岡についてすぐに、洗心文化幼稚園というところへ、問い合わせのお電話をかけました」

「城山さんが短い期間ですけど、お勤めしていた幼稚園ですね」

「そうしたら四年前に亡くなったということなんで、わたくしもびっくり仰天《ぎょうてん》しましたわ」

「それは、そうでしょう」

「ですけど、城山さんは四年前に亡くなりましたって報告するだけでは、子どものお使いと変わりませんでしょ。せめて亡くなる前までの事情ぐらいは調べて帰らないと、友人に対して誠意がなさすぎるんじゃないかと思いましたの」

「そういうことだったんですか」

「だもんですから、福岡日報の社会部へ押しかけましたの。そうしたら生前の城山さんと親しかった方ということで、富塚さんのお勤め先を教えてくれましたわ」

「よく、わかりました」

納得したというように、富塚夕記は笑ってうなずいた。

「勝手なお願いで、ほんとにご迷惑をおかけします」

律子は富塚夕記から、海へ視線を移していた。

人のよさそうな富塚夕記に嘘をつくことで、律子は顔が強張《こわば》るのを見られたくなかったのである。

「そういうことでしたら、知っている事実は何でもお話しします。でも、城山美代子さんの短い生涯も、それほど波瀾万丈《はらんばんじょう》だったってことではありません。ただ、妻子ある男性と心中したことから、ドラマチックに感じられるだけなんです」

富塚夕記の横顔が、珍しく暗さを増していた。

二人は、海に面している緑地帯へはいった。小戸公園だった。

7

東西二、三百メートル、南北五、六百メートルといった広さだろうか。南端に池、北寄りに神社があり、西側は海に接しているという小戸公園である。

富塚夕記と律子は、遊歩道を西へ向かった。樹木の緑が、風と戯《たわむ》れている。夏の陽光に映《は》える緑と地上に落ちた影、海が見える閑散とした視界が、律子にはよく知っている光景のように思えてくる。

律子に、故郷らしきものはない。それなのに、故郷でよく見た景色のように感じられるのだ。海辺にある夏の故郷に帰省して、幼馴染《おさなな じ》みの富塚夕記と散歩している自分を、律子は想像の中に登場させていた。

遠野を、思い出す。遠野を歩いたときも、同じように帰郷の気分を味わった。遠野は山に囲まれた故郷、ここは海がある故郷だった。人間は常に、心の故郷に憧《あこが》れているのかもしれない。

「城山さんと、江藤聖次さんという男性の関係について、お聞きしたいわ」

律子は、足下で前後する自分の白い靴を、見守った。

「そのことは、美代子さんから打ち明けられたんで、よく知っています」

富塚夕記は、小さく折り畳んだハンカチを、顔に押し当てた。

「二人の恋愛は、いつごろ始まったんでしょうか」

律子の頭の中に、まだ眠っているはずの多門の姿が浮かんだ。

「大学にはいって間もなく、美代子は江藤さんと知り合ったんです」

富塚夕記は過去における親友を、美代子と呼び捨てるようになっていた。

「まだ、十八ぐらいだったんでしょ」

いまの人は早熟《そうじゅく》だと、律子はにわかに年をとった女になっていた。

「ですけど、知り合っただけですから、別におかしくはないと思います」

富塚夕記は、むかしの親友を弁護した。

「まだ男女の関係には、なかったということですね」

律子はまた昨夜、多門と初めて結ばれたということに、思いを馳《は》せていた。

「そうなんです。深い仲になったのは、一年後でした」

富塚夕記は、真剣になった色白の顔を、上気させていた。

「でもまだ、十九だったんでしょ」

富塚夕記は処女なのだと、律子は直感した。

「十九でしたら、もう女として一人前ですから……」

「十九のときに初めての肉体関係を持って、そのあとずっと江藤聖次さんと続いていたんですね」

「もちろん、心中するまで続きました」

「十九から二十二歳までの三年間、恋愛関係にあったんですか」

「真面目《まじめ》な恋愛でした」

「でも、デートしたいときにはいつでもって、そうはいかなかったんでしょ」

「江藤さんには、家庭がありましたから……」

「滅多に、会えなかった」

「週に一度というのが、限界みたいでした。初めの半年ぐらい、美代子の外泊は週に一度だったわ」

「ホテルに、泊まったのかしら」

「いいえ、美代子とデートするだけのために、江藤さんはマンションを借りたんです。そこを週に一度、利用していたらしいんです」

「そのころから、二人の苦労は始まっていたのね」

「お互いに、真剣でしたから……」

「真剣だったってのは、結婚を望んでいたという意味ですか」

「美代子のほうは独身だし若いし、江藤さんに夢中だったから当然でしょうけど、江藤さんも奥さんに離婚を申し出たんです。それは、美代子と結婚するためでした。ところが、それが逆効果になりましてね」

「どういう逆効果ですか」

「奥さんが、江藤さんに愛人ができたって、疑うようになったんです」

「そうなると奥さん、離婚には応じないでしょうね」

「意地でもってことになって、かえって江藤さんの立場は苦しくなりました。奥さんの監視の目が厳しくなって、江藤さんと美代子の密会も十日に一度ぐらいに減ってしまったんです」

「城山さんにとっても、辛いことだったでしょうね」

「ですけど大学にいるうちは、まだいくらか軽い気持ちでいられたんです」

「それは、どうしてなんですか」

「学生気分っていうか、結婚なんてまだまだ先のことって、割り切っていられるでしょ。周囲にだって結婚する友だちなんてひとりもいないから、焦《あせ》るようなこともまるでありません」

「そりゃあそうだわ」

「だから美代子も、いまに何とかなるだろうって気持ちでいられたんです。だけど、卒業が迫るにつれて、そうはいかなくなりました」

「深刻になったのね」

「大学を出てしまったら、江藤さんと結婚しないではいられないって、美代子は苦悩するようになったんです」

「でも、江藤さんの離婚問題は、解決の見通しがつかない。それどころか、完全に暗《あん》礁《しょう》に乗り上げてしまっていたんでしょ」

「絶望的でした。奥さんは、絶対に離婚には応じない。だったら彼との結婚は不可能だわって、美代子はすっかり落ち込んでしまって……」

「そうなるとなおさら、未練を捨てきれずに苦しくなるんだわ」

「美代子は、生き甲斐みたいにしていたピアノも、弾《ひ》かなくなったんです」

「それでも城山さんは大学を卒業して、いちおう洗心文化幼稚園にお勤めするようになったんですね」

「そのころは、江藤さんの会社の経営状態も、かなり難しくなっていたんです。それで、わたしも一生懸命に働かなくちゃなんて、美代子は健気《けなげ》なことを言ってました。ですけど実際は、幼稚園にお勤めしてても、仕事に身がはいらなかったんじゃないでしょうか。美代子には生気《せいき》が、感じられなくなりましたものね」

「城山さんと江藤さんのあいだでは、死について語られるようになっていたのかもしれませんね」

「きっと、そうだったんだと思います。幼稚園に勤めて二カ月後に、美代子は急に九州音楽祭のピアノ独奏部門に出場するって言い出したんです。このところピアノに向かったこともないくせにって、わたしは反対しました。でも、美代子はさっさとエントリーをすませて、それからの一カ月間は何かに取り憑《つ》かれたみたいに、ピアノの猛練習に打ち込んだんです」

「九州音楽祭のステージでピアノを演奏して、それをこの世の最後の晴れ姿にしようって、城山さんは思いついたんですね」

「ですから、出場を決心した五月下旬に、美代子と江藤さんは心中することも決めていたんだと思います」

「死を決意してからのピアノ独奏部門への出場なんて、ずいぶんドラマチックな発想ですわね」

「だから、美代子のステージはとても華麗で、みごとなものでした。入魂の演奏だって絶《ぜっ》讃《さん》されて、美代子は九州音楽祭で優勝を果たしたんです」

「そのときに、生きるエネルギーのすべてを、消耗し尽くしたのかしら」

「そうでしょう。九州音楽祭が終わるとすぐに、美代子は幼稚園を退職しましたものね。当時の美代子が、底抜けに明るかったことも、わたし記憶しています」

「それが、六月の末ごろですか」

「そうでした。そして一カ月後の七月二十九日に、美代子と江藤さんは阿蘇高原で亡くなったんです」

「それから、四年をすぎているんですね。城山さんと江藤さんの心中が報じられた当時のことですけど、福岡市の人たちは事件をどんなふうに受けとめたんでしょうか」

「どんなふうに、受けとめたかって……」

「つまり影響というか反響というか、センセーショナルな事件として、大騒ぎしたかどうかなんです」

「それはもう一時的にですけど、大変な騒ぎになりました」

「新聞の記事は、トップの扱いになっていませんけど……」

「テレビのニュースは、派手だったみたい。特に九州ローカルは、十五分から二十分ぐらいの番組にしたんじゃないですか。何しろ一カ月前に、九州音楽祭で優勝したばかりの美代子でしたでしょ」

「それにまだ二十二歳と若く、そのうえ評判の美人だったんですものね」

「いろいろな意味で、地元では有名人にも等しかったんです。その美代子が、九州音楽祭での華麗な姿がまだ余韻として残っているうちに、妻子ある男性と阿蘇高原で心中したんですからね」

「話題にならないほうが、おかしいでしょうね」

「阿蘇心中って言葉が、福岡では一、二カ月、流行語にもなったんじゃないかしら」

「そうですか」

「おかげで、美代子の家族は福岡に、居辛《いづら》くなったくらいなんですから……」

「そうそう、城山さんのご両親と妹さん、福岡市を離れたんでしたっけね」

「心中事件があって三カ月後の十月下旬に、東京へ引っ越していきました。とんだトバッチリを受けて、美代子の両親と妹さんは住み慣れた故郷を捨てたんです」

「でしたら福岡市民で、心中事件を知らない人は、ほとんどいなかったということになりますね」

「そりゃあ気づかなかった人だって多いかもしれませんけど、福岡市は特に美代子と江藤さんの地元ということもあって、市民の三分の一ぐらいは心中事件を知ったんじゃないでしょうか」

富塚夕記は、立ちどまった。

小戸公園の西の端が、目の前にあった。そこから先は、海ということになる。

「まあ、知らない人はいないっていう大事件ではないでしょうね」

海に視線を投げかけて、律子は息を吸い込んだ。

北の妙見崎《みょうけんざき》までは、小戸公園になっているらしい。眼前の防波堤と陸地に囲まれた小さな港は、小戸ヨットハーバーである。ヨットハーバーの付近には、人影が認められた。

ヨットに乗るのではなく、ヨットハーバーを見物に来ている人々だった。

「それは大火と洪水とか、全市民を巻き込むような大事件とは違いますから……」

富塚夕記は、遠くを眺める目を、寂しそうに細めていた。

律子が調べた福岡市の地図によると、対岸は今津《いまづ》というところであった。同じ西区にある町なので、小戸と今津のあいだの海は三キロほどの幅だろう。その海は、博多湾の極《ごく》一部を占める今津湾だった。

「知らない人が、大勢いて当然っていうことですか」

森下芙貴子もそのうちのひとりだと、律子はあえて自分に言い聞かせた。

そうしないと、納得がいかなくなる。何とも、話のわからないことになる。森下芙貴子もまた、いまだに城山美代子の死を知らずにいるのである。

そうでなければ、四年前に死んでいる城山美代子を殺してくれと、依頼するはずはないだろう。城山美代子と江藤聖次の心中事件が報じられた日、森下芙貴子は新聞を読まなかったのに違いない。

テレビも、いっさい見なかったのだ。家族、友人、知人のあいだで心中事件が話題にされているのにも、森下芙貴子は接することがなかった。

阿蘇心中という流行語も、耳にしたことがない。ついに森下芙貴子には、城山美代子の死を知るチャンスが訪れなかった。心中事件にまったく気づいていない大勢の市民の中に、森下芙貴子も含まれていたということなのである。

「あとひとつだけ、お伺いしたいんですけど……」

律子は、富塚夕記の顔を覗《のぞ》き込んだ。

「はい」

ぼんやりしていたことを恥じるように、富塚夕記は笑いを浮かべた。

「城山さんは男性関係が、かなり派手だったって聞いているんですけど、そうだったんでしょうか」

律子は訊いた。

「はあ……？」

意外な質問だというふうに、富塚夕記は眉《まゆ》をひそめていた。

「たとえば、興味を抱いた男性を誘惑して、適当に恋愛を楽しんで、飽きがくればさっさと別れるみたいな、つまりツマミ食いを好むタイプの女性だったとか……」

森下芙貴子から聞いた話を、律子はそっくりそのまま並べ立てた。

「誰がそんなひどいことを、言い触らしたんでしょうか。まるで無責任な中傷だし、美代子の名誉にかかわることです。美代子がそんな女だったら、江藤さんと一緒に死んだりはしません」

富塚夕記は、抗議する口調になっていた。

「まったく正反対だって、おっしゃるんですね」

「比べものにならない純粋性が、美代子にはありました。男性関係については、むしろいまどき珍しいくらいに潔癖《けっぺき》で、きちんとしていて、貞操《ていそう》観念の強い美代子でした。愛さなければ、深い仲にはなれない。いったん深い仲になったら、その人だけを愛し続けるっていうのが、江藤さんと知り合う前からの美代子の持論だったんです。そして、持論どおり美代子は愛する江藤さんと、一緒に死んだんですもの」

「でしたら城山さんにとっては、江藤さんが初めての男性だったんですか」

「当然、そういうことでした。それまでの美代子には、精神的にも肉体的にも男性経験はありません」

「ずいぶん、モテたっていうのに……」

「だから求愛されたり、ラブレターをもらったりは年中だったんです。それも度を越して、美代子をしつこく追い回す、美代子に夢中という男性だっておりました。ですけど、美代子は相手にしませんでした」

「そうだったんですか」

律子は、呆然となっていた。

「わたし、美代子のことでお話ししているうちに、寂しくなって考え込んでしまったんです。それなのに、美代子のことでそんなふうにおっしゃられると、なおさらわたし悲しくなります」

目を赤くして、富塚夕記は唇を噛《か》んだ。

「申し訳ありません」

キツネにつままれたような気持ちで、律子は遠くの海へ焦点の定まらない目を向けた。

今津湾沿いの陸地は、半円を描いている。その半円の東寄りの一部に、松林が広がっていた。元寇防塁《げんこうぼうるい》がある生《いき》の松原《まつばら》らしいが、付近の海水浴場を埋めた人々の姿が、声のないカラー写真のように望見できた。

律子はなぜか、青い空と海がうらやましかった。

四章　南の異変

1

博多フラワーホテルに戻ってからのほうが、律子は重症になっていた。頭の中いっぱいに、接着剤を詰め込まれたようであった。どうにも、始末に悪かった。すべての思考があちこちに張りついて、動きがとれなくなっている。

考え込んでも、答えの見つけようがない。接着剤が乾いて、次第に固体化してくる。何も、思い浮かばない。記憶力まで、機能を失っていくようだった。

城山美代子は、四年前に死んでいる。

それに加えて、森下芙貴子の口から語られた城山美代子とは、人間像がまったく別人ということがあったのだ。差がありすぎるというより、ひとりの女が正反対の評価を受けている。

一方は、男にかけては大した遊び人で、海千山千《うみせんやません》ともいうべき淫婦《いんぷ》。

他方は、ただひとりの男を愛した処女で、肉体関係を持ったのち恋人に命まで捧《ささ》げた純粋な娘。

森下芙貴子は、悪魔として告発した。富塚夕記は、天使だと証言している。二重人格性について、論じているのではない。目に映ずる肉体と行動を、判断の根拠としているのであった。

そうなれば、城山美代子は淫婦か処女か、明確に見分けがつくはずである。真実は、ひとつしかない。したがって、森下芙貴子か富塚夕記のどちらかが、誤った見方をしているということになる。

あるいは、作為的に中傷するか弁護するかしている。嘘《うそ》をついているのだ。だが、嘘だとすれば、あまりにも無意味である。あの女は淫婦だからと嘘をついて、殺す理由をデッチ上げる必要はまったくない。

また、親友だからといって四年前に死亡している人間を、嘘で固めた弁護によって美化したところで、何の利益もないではないか。森下芙貴子にも富塚夕記にも、嘘はいっさい無用なのだ。

いずれかが、とんでもない誤解をしているというのも、おかしな話であった。両者とも城山美代子の行動から、確固たる答えを引き出しているのである。そうだとすれば、誤解のしようがない。

いったい、どうなっているのか。

どっちが、真実なのか。

わからない――。

もうひとり、証人の資格を持つ者がいる。城山美代子の妹だった。城山美代子の両親と違って、二つ年下の妹は姉の行動をよく知っていたはずだと、富塚夕記が推薦した証人である。

城山一家の東京の住所と電話番号を、富塚夕記が教えてくれた。美代子の妹の麻知子《まちこ》は、一年に一、二度、富塚夕記のところへ電話をかけてくるという。

東京で麻知子に会って、話を聞いてみてはどうかと、富塚夕記も律子にすすめた。どうやら、そうするほかはなさそうであった。律子の頭の中の接着剤を解かしてくれるのは、城山麻知子しかいないようである。

夜の七時に、多門が帰って来た。

律子は無言で、多門の胸に飛び込んだ。強く抱きしめられると、ほどよい加減の湯に浸っかったように律子は安心する。いまの自分にはこれがすべてなのだと、律子は感動的な喜びを味わうことができる。

多門の部屋で、食事をすることにした。多門は飲むことが中心なので、簡単な食事のルーム・サービスを頼んだ。バーにあるウイスキーとブランデーのボトルも、部屋へ運んでもらった。

今夜の二人はもう、わざわざバーへ出向くことはないのだ。はっきり言って律子は、どこへも行きたくなかった。多門と二人きりで、部屋にいたいということなのである。

料理と飲みものが用意されると、律子は多門と並んでソファにすわった。どちらかといえば小型のソファなので、律子は多門に寄り添った格好《かっこう》になる。

律子はブランデーを、一杯しか飲まなかった。アルコールの力を借りる必要はないし、酔った身体で多門と愛し合いたくはないという気持ちが、律子のどこかで働いていたのだった。

「何か、収穫がありましたかね」

多門はうまそうに、ウイスキーの水割りを飲んだ。

「いいえ……」

律子は、首を振った。

今日の成果というより、新たに生じた大きな食い違いの一部始終を、律子は多門に話して聞かせた。森下芙貴子の名前だけは口に出さずに、入院中の友人Aということにしておいた。

友人Aと富塚夕記の城山美代子に対する評価が、まったく逆だという大矛盾に関してのみ、律子は多門に詳しく報告したのであった。多門はよく飲み、よく食べながら聞いていた。

「おもしろいな」

律子が口を噤《つぐ》むと、多門は屈託《くったく》なく笑った。

「おもしろいって、あなたには何かが見えるのね」

そう言ってから、『あなた』と呼んだことに気づいて、律子は顔を熱くしていた。

「おれが軍配を上げるとしたら、富塚夕記さんのほうだね」

多門は片手で、律子の太腿《ふともも》を摑《つか》むようにした。

「どうしてなの」

律子は反射的に、身体を固くしていた。

多門は浴衣に着替えて、すっかり寛《くつろ》いでいる。飲んで食べるのに、手を休めることがなかった。

律子は洋服を着たままで、窮屈《きゅうくつ》そうにしている。まだ一杯のブランデーを飲みきれてないし、スープにさえ口をつけていないのである。

肉体的に結ばれた直後の男と女には、このように正反対の状態が生ずる。城山美代子に対する二通りの見方も、この男女の違いのように極端なのだと律子は思った。

「まず、親しさに差があるだろう」

「親密度の差っていうことね」

「富塚さんは大学時代の四年間を通じて、城山美代子さんと親友同士という関係にあったんだろう」

「ええ」

「一方のAさんは城山さんと、直接の付き合いはなかった。Aさんにとって城山さんは、あくまで恋敵《こいがたき》にすぎない」

「ええ」

「Aさんは愛する男を、城山さんに奪われてしまった。Aさんはただそういうことで、城山さんを知っているだけなんだ。だから城山さんがどういう女性なのか、Aさんは詳しく知らずにいたというほうが、むしろ当たり前なんじゃないかね」

「それに当時のAさんはまだ十七歳、高校二年生だったんですものね」

「高校二年の女の子には、人を見る目なんて養われていない。しかも、愛する人を奪われたっていう感情が、客観性を損《そこな》うことになる」

「城山美代子は、男性を誘惑するプレイガールだ。男との火遊びを楽しむ淫婦だって、先入観が過剰に働くでしょうね。そのうえAさんは憎しみや恨みから、城山さんを悪女にしてしまわなければ、承知できなかったのかもしれないわ」

「その点、富塚さんは冷静だったはずだ。親友だからって、身贔屓《みびいき》することにはならないだろう。富塚さんは第三者として、すべてを客観的に見ていた」

「ええ」

「しかもAさんは、城山さんが四年前に死んでいることを、知らずにいたんだからね。そのことが、Aさんと城山さんの仲がいかに疎遠であったかを、明白に立証しているじゃないか」

「そうですね」

「したがって、城山さんは男遊びが激しい淫婦だというのは、Aさんの感情的な独断だといえる」

「論理的だわ」

「城山さんはそれまで処女でいて、江藤氏が初めての男性だった。城山さんが愛した男性は江藤氏ひとりであり、心中という形で二人の恋愛に終止符を打った。この富塚説のほうが、正しいと思うよ」

「だけど、そうなるとそこにまた、大きな疑問点が生じてしまうのよ」

「Aさんが愛した男とは、いったい誰だったのかってことだろう」

「そうなの。Aさんが夢中だった男性が、城山さんと愛し合うようになった。それで結果的にAさんは、愛する人を城山さんに奪われることになった。これは、事実のはずでしょう」

「まあね。しかし、そうだとするとAさんが愛した男性も、江藤聖次氏だったということになる」

「それが、大きな疑問なのよ」

「Aさんの口から、江藤氏のことは出ていないんだね」

「それどころか、Aさんは高校二年のときに愛してしまった男性の名前も、明かそうとはしないわ。でも、その男性が江藤聖次さんでなかったことだけは、はっきりしていると思うの」

「うん」

「Aさんは、こう言っているのよ。城山美代子は、半年後に彼を捨てた。城山美代子にしてみればほんのツマミ食いだったわけで、興味を抱いた男を誘惑して適当に遊んで飽きたら別れる。城山美代子がそういう女だとわかって、いっそう憤激したって……」

「うん」

「だけど城山さんは江藤さんと、半年後に別れてなんかいないわ。城山さんは江藤さんと心中するまでの三年間、ひたむきに愛し合ったんですものね」

「Aさんが愛した人というのは、もちろん江藤氏じゃないよ。もし江藤氏だったとしたら、かつて夢中になった彼が城山さんと心中したという事件を、Aさんが知らずにいるはずはないだろう」

「そうよねえ。だったら、江藤さんとは別人のXというAさんの好きな人を、城山さんが奪ったってことになるの」

「そこまでは、わからんねえ。察しのつけようもない」

「とにかく、矛盾だらけだわ」

「城山さんに愛する人を奪われたってこと自体、Aさんの誤解、錯覚、思い込みであって、そんな事実はなかったのかもしれないしね」

「どうして人間の世界には、隠された真実っていうものが多いのかしら」

「それは不正と嘘と間違った判断が、人間には付きものだからさ」

「頭が痛くなる」

「あまり、深刻に考えることはないよ。城山さんも江藤さんも、四年前に故人になっているんだからな」

「そうね」

律子は気を取り直して、スープをスプーンでかき回した。

「それに、東京で麻知子っていう妹さんに会えば、何もかもはっきりするんじゃないんですか」

多門は、律子の肩に手を回した。

「実を言うと、そんな気ももうないみたいなの」

律子は、スープを飲むのをやめた。

スープを飲むとなると、上体を起こさなければならなかった。しかし、そうすると肩にある多門の手が、はずれてしまうだろう。多門に肩を抱かれているためには、じっとしていることであった。

「だったら全部、忘れることだよ」

多門は、律子の肩を引き寄せた。

「そうするわ」

尻《しり》の位置も寄せて、律子は多門に凭《もた》れかかった。

「東京へ帰るまでは、二人のことだけでいいじゃないか」

多門は、律子の顔を見おろした。

「そうよ。あなたとこうしていると、別の世界ですもの」

律子の声は甘くなり、せつなげな溜息《ためいき》が洩《も》れた。

「東京へ帰ったら、二人の愛の巣を作らなければならないけど、律子ちゃんのマンションは自分のものだったね」

多門は、律子の鼻の先を軽く吸った。

「わたし、あのマンション売ることにするわ」

律子は、昼間からチラチラ考えていたことを、迷わず口にした。

多門とこうなったからには、青葉台のマンションに住む気になれない。綿貫こと和久井三郎と同棲《どうせい》していたマンションというだけで、律子にとって快適に住める家ではなくなったのだ。

過去は残らず、捨てなければならない。きれいな律子になって、多門に愛されたい。それには、青葉台のマンションを売り払うことだった。すぐに買い手がつくという話だし、そうしようと律子はすでに決めていたのである。

「だったら、建設中のマンションに心当たりがあるんで、そこを買うことにしよう。律子ちゃんの住まいだけど、おれも居候《いそうろう》を決め込むことになる」

多門は、唇を触れ合わせた。

「律子ちゃんじゃなくて、律子がいいわ」

律子は喘《あえ》いだ。

「律子、愛している」

多門は両腕で、律子を抱きしめた。

「わたしもよ」

律子は自分から唇を押しつけて、多門の舌を求めていた。

その夜から、律子は別世界に遊ぶことになった。長時間ひとりで留守番をしたのは、多門が佐賀市へ出向いた翌日の昼間だけであった。

次の日には福岡を発《た》って、長崎までの列車の旅を経験した。長崎で多門と離れたのは、数時間にすぎなかった。雲仙《うんぜん》に一泊して翌朝、島原《しまばら》から船で天草《あまくさ》へ渡った。

天草を経て熊本市につき、やはり二時間ほどで多門は仕事を終えた。夜は熊本市のホテルのスイート・ルームから、一歩も出ることがなかった。

この旅行中の律子は森下芙貴子、城山美代子、富塚夕記の名前も思い出さずに過ごせた。したがって、彼女たちに関連することは、一度も話題にならなかった。

翌日、多門と律子は空路、熊本から帰京した。

2

東京も律子には、新しい都会となった。張りのある生活に、一変したのである。何かが欠けていて、本物の充足感を得るときがなかったこれまでの毎日が、まるで嘘のようであった。

朝の目覚めから、生きているという実感を味わえるのだ。世の中が、ひどく明るく見える。バラ色の人生とはこれをいうのだろうかと、律子は真剣に考えたりした。

働くことにも、意欲的になった。ぼんやりしているのが、もったいないと思う。多門と二人きりで過ごすときが待ち遠しくて、何も手につかないということにはならなかった。そのときのために、バリバリ働いておこうという気持ちにさせられる。

それが、心の張りというものだった。不思議なことに、笑顔まで明るくなった。表情が自然に活《い》きて、律子の美貌《びぼう》に愛嬌《あいきょう》を添える。フラワーショップの従業員までが、急に女っぽくなったと律子を冷やかした。

一週間に一度、多門と律子は高輪《たかなわ》にあるホテルに泊まった。高輪のホテルに決めたのは、購入することになっている建設中の分譲マンションが、すぐ近くにあったからである。高輪のホテルに一泊したとき、必ず部屋の窓から九分《くぶ》どおり工事を終えているマンションを眺めた。

十月中旬に完成して、十一月一日から入居できるという。3LKだが、かなり広いという多門の話だった。それが自分のものになるということには、大した関心も抱いていなかった。

それよりも、多門との新居ができ上がりつつあることに、律子の胸はときめく。城山美代子という悲劇の女主人公のように、いまさら結婚にこだわる律子ではなかった。妻がいることを承知のうえで、多門と結ばれたのであった。

多門は、離婚といったことを匂《にお》わせたりもしない。

律子も、結婚という答えを求めてはいなかった。

愛し合っていれば、それでよかった。しあわせであれば、何の文句もない。愛人関係で、十分であった。多門は週のうち三日間を、律子との愛の巣で過ごすという。それ以上のことを、律子は望まない。

十一月一日から始まる多門と二人の新生活に、律子は娘時代に戻ったような甘い期待を寄せている。多門のために食事の仕度をすることが、いまからゾクゾクするほど楽しみだった。

青葉台のマンションは、十一月以降に売りに出すことにした。早く十一月にならないかと、律子は苛立《いらだ》ちさえ覚えた。青葉台のマンションに住んでいることが、色褪《あ》せた自分を感じさせた。

律子には、交換殺人グループから抜け出そうという意志が、強く働きかけ始めていた。不可能だと、決め込むことはない。その気になれば、やりおおせることだと思うようになっていた。

律子の標的に定められた城山美代子は、四年前に死亡している。だから、律子に殺人を実行する義務はない。この点に、問題はなかった。

あとは、綿貫こと和久井三郎が殺されなければ、律子の殺人依頼も立ち消えになる。殺人の実行犯にもならず、殺人依頼も目的を遂げるに至らなかった。そうなれば律子は、犯罪者にならずともすむのではないか。

中林千都が、和久井三郎殺害に成功しなければ、それで万事解決となる。和久井三郎の所在が知れなければ、中林千都も彼を殺すことはできない。

あるいは律子が中林千都に、中止を申し入れるという方法もあった。和久井三郎を殺す必要がなくなった、和久井のほうから詫《わ》びを入れて来たので許してやることにした、もう和久井を殺してもらいたいとは思っていないと、律子が中林千都に犯行の中止を求めるのだ。

機会があれば、そうしてもいい。いずれにせよ、律子は手を引くのである。交換殺人グループとは、縁を切る。十一月一日には四人が盛岡セントラル・ホテルで再会することになっているが、もちろん律子はその約束を無視して出席しないつもりでいる。

十一月一日は、新居へ引き移るという大事な日であった。

律子は、交換殺人グループに対して、完全に背を向けた。裏切者だろうと、何だろうと構わない。とにかく、自分の未来を大切にすることだった。明日を守るためには、いかなる苦労も厭《いと》わない。

しかし、いまのところ中林千都の和久井殺しを阻止しようと、律子が行動に出ることは困難である。和久井三郎の所在がわかれば、中林千都は間違いなく律子のところへ連絡をよこす。

そのときを、待つしかなかった。中林千都が電話をかけてきたら、和久井殺害の中止を強く訴える。中林千都が耳を貸さなければ、交換殺人グループからの脱落を通告する。それが、勝負を決めることになるだろう。

何事も、起きなかった。

猛暑に見舞われた八月が、不気味なくらい無事にすぎていった。

九月になった。

青葉台のマンションの部屋に帰ってくると、律子は荷物の整理に取りかかる。それが、九月にはいってからの律子の日課となっていた。どんなに帰宅が遅くなっても、律子は日課を怠《おこた》ることがなかった。

九月になって十日間のうちに、すでに二つの部屋が段ボール箱の山で埋まっていた。主たる家具と調度品が、手つかずで置かれている。日常生活に不要なものは、ほとんどが段ボール箱の中であった。

今夜の律子は書籍、ノート、書類などを段ボール箱に詰めた。時間は、十一時をすぎていた。

電話が鳴った。

それを待っていたように、律子は勢いよく立ち上がった。十一時すぎに、電話をかけてくるとすれば多門だと、律子は決め込んでいたのである。

明後日の夜は、高輪のホテルに一泊する約束になっている。都合が悪くなったので、その予定を変更するという連絡ではないだろうかと、送受器を手にしながら律子はちょっぴり憂鬱《ゆううつ》になっていた。

「もしもし、奈良井です」

それでも律子の声は、暗くならなかった。

どのような用件だろうと、多門と話ができれば嬉《うれ》しかったのだ。だが、相手は黙っている。多門であれば、間髪《かんはつ》を入れずに冗談を言うはずだった。

多門ではない。

では誰なのかと、律子は胸騒ぎを覚えた。

「もしもし、奈良井ですけど……」

律子は、不安になっていた。

「奈良井律子さんですね」

女の声が、そう念を押した。

もの静かな喋《しゃべ》り方だが、何となく陰気であった。

「はい、そうです」

聞いたことのある声だと、律子はハッとなった。

「ああ、緊張したわ」

突然、女の声と口調が変わった。

作った喋り方をやめて、地声に戻ったのである。

「倉持さんですか」

律子は、顔をしかめていた。

縁を切りたい悪魔からの電話、という気がしたのであった。そういう意味では、誰よりも歓迎できない相手なのだ。どうせ、ロクでもない連絡なのだろう。

しかし、一方では聞いてみたいという思いに、律子の心も動かされている。その後の情勢がどうなっているのか、知っておかなければならないのではないか。少なくとも、無関心ではいられなかった。

「話しても、大丈夫なのね」

倉持ミユキは、用心深かった。

「わたし、ひとりです」

「だったら、いいけど……」

「名古屋からですか」

「ええ、自宅よ」

「でしたら、倉持さんもおひとりなんですね」

「そうと察しがつくんだったら、もうご存じなのね」

「八月二日に、テレビのニュースで見ました」

「だったら、テレビのニュースでの第一報だわ」

「七月三十一日の夜八時ごろ、タバコを買いに行くと家を出たっきり帰らないって、ニュースでは言ってました」

「二日たっても戻らないんで、わたし警察へ届けたの。それが、八月二日の正午ごろだったかしら」

「ほかにも名古屋では、三十代と四十代の男女が三人、近くまで出かけてそれっきり帰宅しないっていう事件が、相次いだんですってね」

「そうなの。そういう事件が重なったってことが、わたしにとってはこのうえない好運だったのね。昌彦が失踪《しっそう》したことも、一連の事件に結びつけて考えてくれるでしょ。だから、わたしなんかには頼んだって、誰も疑いの目を向けようとしないのよ。おかげで、すっかり助かっちゃったわ」

「どっちが、ほんとうなんですか」

「どっちがとは……？」

「ご主人も一連の事件に同じくなのか、それとも計画どおり事が運んだというのが真実なのか」

「そんなこと、決まっているでしょ」

「やっぱりね」

「相次いで失踪した三人の男女っていうのも、拉致《らち》されたとか事件に巻き込まれたとか、そんなんじゃないと思うわ。みんな、自分の意志でしょうね」

「家出か、蒸発か……」

「そう。三人の男女はそれぞれ家庭の事情があって、家出や蒸発をしてもおかしくないような立場に置かれていたみたいよ。ただ短期間に同じような失踪が、たまたま続いて起ったために、事件だっていう騒ぎになったんだと思うわ」

「失踪が相次いだのは、偶然の結果っていうことですか」

「そうでしょうよ。その偶然が、わたしには好都合だったんですけどね」

「タバコを買いに行くって出かけたというのも、実際にそのとおりだったんですか」

「それは、もちろん作り話だわ」

「ほんとうは、どうだったんです」

「わたしが家に帰ったら、昌彦は服を着替えて待っていたの。荷物は何も持っていなかったけど、タバコを買いに行くっていう服装じゃなかったわね。ああ、これは誰かから呼び出し電話がかかったんだなって、わたしにはピンと来たわ。だけど、わたしには興味ないことですからね。遅くなるかもしれないって昌彦が出かけていくのを、わたしは見送りもしなかったわけよ」

「ご主人は、それっきり戻られなかったのね」

「そうなの。翌日の夜になっても、昌彦は帰ってこない。これはもしかすると森下芙貴子さんが、仕事に取りかかったのかなって、わたしふと思ったの。そうしたら、案《あん》の定《じょう》、それから二時間もしないうちに、森下さんから電話がかかったわ」

「森下さんがご主人を、呼び出したんだって……？」

「ええ。わたしの役目を果たしました、標的の始末はもうすみましたってね」

「じゃあ、その時点で森下さんは、やるべきことをやってしまっていたんですね」

「わたしもそれを聞いたとき、いまの若い人って恐ろしいなってゾッとしたわ。だって感情も罪の意識もないっていうか、普通の喋り方なんですもの」

「あの森下さんがねえ」

「それで、思わず訊《き》いちゃったの。始末の方法はって……」

「答えは、どういうことだったんです」

「間の抜けたような声で、どこか頼りない口調で、青酸化合物という毒物を飲ませましたって言うのよ。わたしのほうが、震えちゃったわ」

「山の中に深い穴を掘って埋めますから、絶対に見つかりませんって……」

「毒殺ですか」

「もう結構、聞きたくないわ」

「そういう連絡があったので、次の日に主人がタバコを買いに行くって出たまま戻りませんって、作り話もまじえて警察に届けたのよ」

「それから間もなく、一カ月半になるんですね」

「ようやく、わたし独身になれたんだわって、実感が湧《わ》いて来たところよ。それで、奈良井さんのほうはどう進展しているんだろうって、気になったもんだからお電話してみたの」

「どうして、わたしのことが気になるんですか」

「森下さんが契約を履行《りこう》してから一カ月半近くなるし、その見返りを引き受けた奈良井さんは、どうしているだろうかって思ったのよ」

「わたしにはまだ、標的の所在さえもわかっていません」

「まあ、期限はまだ先ですけどね」

「倉持さんこそ、契約の履行を急がなければならないんじゃないですか。倉持さんだけが、要求を満たされたんですものね」

「でも、わたしの標的は目下のところ、外国にいるでしょ」

「ですけど、九月にはアメリカ旅行を終えて、帰国するってことだったでしょ」

「スケジュールによると、今月の十五日ごろからロスに一週間ほど滞在して、そのあとハワイに立ち寄って帰国ってことになっているわ」

「結構なご身分ね」

「わたしがハワイまで出かけて、標的を待ち受けてもいいなって思ったの。外国のほうが、うまくいくかもしれないしね。だけど、亭主が行方不明になっているっていうのに、女房がハワイ旅行に出かけたとすれば怪しまれるでしょ」

「倉持さん、もしかするとわたし、消えるかもしれませんからね」

律子は喉《のど》に引っかかった言葉を、咳払《せきばら》いとともに吐き出した。

交換殺人グループから身を引くことを匂わせようとして、やはり緊張したのに違いない。一瞬にして、喉の水分が乾いたのだった。だが、倉持ミユキは律子の言ったことを、気にとめようとしなかった。

「姿を消したうえで、行動するっていうのも悪くないでしょうね。まあ、お互いに十月決戦ってことに、なるんじゃないの。じゃあね、これで……」

倉持ミユキは、お構いなしに電話を切った。

律子は、送受器を見やった。森下芙貴子は倉持昌彦を青酸化合物によって毒殺し、死体を山中に埋めたということである。それから、一カ月以上が経過している。

倉持ミユキも、太田黒ルリが帰国するのを待って、殺人を実行に移すつもりでいるらしい。倉持ミユキはそれを、十月決戦と称したのであった。

中林千都も和久井三郎を殺害するために、その行方を追い続けていることだろう。どの歯車も十一月一日を目ざして嚙《か》み合い、次第に速度を増しているようだった。はたして律子という歯車だけが、そこから抜け出せるのだろうか。

それはとても無理な話だと、悪魔のような中学校の女教師が言って来たように思えて、律子は慄然《りつぜん》となっていた。

3

九月二十日の朝を、律子は高輪のホテルの部屋で迎えた。午前五時に、律子は起こされたのだった。起こされたからといって、律子の機嫌が悪くなるわけはなかった。その逆であった。

ダブルのベッドの中にいて、多門が裸身を重ねてくるという起こされ方をしたのである。律子は目を開くと同時に、恥じらって甘える笑顔になっていた。

昨夜、多門から伊豆《いず》へ行くので朝の六時にホテルを出なければならないと、言われていた。その多門が出発一時間前に、律子を起こしたのだ。それが何を意味しているか、律子にわからないはずはない。

全裸の律子の下腹部に、多門の怒張したものがあてがわれている。律子は下肢《かし》を開いて、のけぞるようにした。目を閉じて、息を弾《はず》ませる。

カーテンが引いてあり、ベッド・ライトだけが薄暗い光を放っている。夜と変わらないし、あたりは静まり返っていた。その静けさを破って、律子の甘い呻《うめ》き声が短く聞こえた。

昨夜の歓喜が、いまだに蜜《みつ》を残していた。その律子の潤《うるお》いが、多門のものを容易に迎え入れたのだった。律子は埋め尽くされて、甘美な呻きを洩らしたのである。

いったんは、静寂《せいじゃく》に戻った。

だが、すぐに乱れた息遣《いきづか》いが、部屋の空気を揺るがせた。それに、ベッドの弾みが小さな音になって、リズミカルに加わった。さらに床から湧き上がるように、律子の甘い声があとを追った。

すすり泣くような弱々しい律子の声が、次第にボリウムを上げていく。メロディを作るように上下しながら、律子の声には言葉が織り込まれるようになる。

それらの言葉はつぶやきに似て、必ずしも明瞭《めいりよう》ではなかった。しかも一定することなく、ひとつひとつが違う言葉のように聞こえる。あるいは数種類の言葉を、繰り返し口走っているのかもしれない。

律子の声と言葉は階段を上がるように、着実に増幅していく。弱々しさが消えて、むしろ張りのある声に変わる。言葉は途切れることがなくなり、譫言《うわごと》のように震えを帯びている。

切れ目がなくなった声の一部に、波打つように短い悲鳴が交《ま》じる。言葉ははっきりと、快美感の訪れを訴えるようになっていた。あとは『あなた』の連呼であり、『愛している』の繰り返しであった。

やがて苦しそうな呻き声から、突然の悲鳴まで高低の波が激しくなる。その状態が、かなり長く続いた。ときどき、息とともに声がとまった。

数秒間の絶息のあと、一段と大きくなった声がほとばしって出る。歌うような甲高《かんだか》い声が、鋭くなって天井を突き刺す。言葉がひどく乱れて、混然となって撒《ま》き散らされる。もはや、意味はわからない。

ソプラノが、叫び声に変わった。次から次へと変化に富んだ叫び声が、忙《せわ》しく吐き出される。狂乱の声が、いまにもはち切れそうに音量を増し、苦悶するように絞り出す息遣いがそれに加わる。

間もなく、膨張しきった袋のどこかが破れたように一瞬の停止のあと、一挙に楽器を吹き鳴らす音に似た叫び声が噴出する。それは、長い絶叫となって部屋中に響いた。さらに泣き叫ぶような声は、いつまでも尾を引いて消えなかった。

最初のように、甘く弱々しい声に戻る。喘ぎのほうが、はっきりと聞こえるようになる。それも鎮《しず》まると、あたりは急に静寂に閉ざされる。

いままでの荒れ狂った雰囲気が嘘のように、穏やかで安らいだ沈黙のときが訪れる。夜泣きを続けていた赤ン坊が、泣き疲れて眠りに落ちるのと似ていた。

「時間だ」

しばらくして、多門が起き上がった。

「もう、一時間たったの」

律子が、甘ったるい声で訊いた。

「いいから、寝てなさい」

多門は、ベッドから降り立った。

「はい」

律子は素直に、多門の言葉に従った。

律子はまだ、目をあけてもいなかった。律子の笑ったような顔が、陶酔の余韻《よいん》の中にいることを物語っていた。昨夜からベッドの中にあったバス・タオルで、律子はもの憂《う》く裸身の汗をふき取った。

「もう、九月も二十日だな」

多門は、バス・ルームへ姿を消した。

「そうね」

律子は、つぶやくように言った。

このところ、あっという間に一週間がすぎてしまうような気がする。一日たつのが、早いとは感じない。何かよくないことが起きるのではないか、早く十一月一日になればいい、という思いがあるだけに、日々の経過が遅いと苛立って当然である。

しかし、一週間に限り、早々にすぎていく。おそらく週に一度、多門とホテルに泊まることが、生活のリズムになっているせいだろう。

先週は九月十二日の夜から、多門とこのホテルに泊まった。そして昨夜は、一週間後の九月十九日だった。次の九月二十六日も、一週間後には確実に訪れてくるのであった。だから、一週間が早い。

「聞いたところによると、半月ぐらい期間が短縮されるそうだ」

浴室から出て来た多門は、もうズボンをはき、ワイシャツを着て、ネクタイもしめていた。

「何の期間が、短縮されるの」

律子は、薄目をあけた。

「工事期間だ」

「もしかしたら、マンションの工事期間のことかしら」

「そうだよ」

「ほんと」

「ここの窓から見ても、完成しているっていう感じだもの」

「だったら、入居時期も早まるってことなのね」

「うん。入居は十月十五日からってことになるらしいと、これもだいたい確実な情報だよ」

「十月十五日……」

「困るかい」

「とんでもない、素晴らしいわ」

「きみも、そのつもりでいたほうがいいだろう」

「はい。十月十五日すぎには、いつでも引っ越しができるように準備しておきます。いいえ、明日にだって引っ越せるように、準備はできているんだわ」

「もう、間もなくだ」

「そうね」

「じゃあ……」

多門は、律子の頰《ほお》に唇を落とした。

「夕方には、帰っていらっしゃるんでしょ」

律子は、多門の手を握りしめた。

「ああ」

背広の袖《そで》に腕を通しながら、多門は部屋のドアへ向かった。

「あなた」

切羽詰《せっぱつ》まったような声で、律子はあわてて呼びとめた。

「何だい」

多門は、向き直った。

「愛しているわ」

律子は笑った。

「もうひと眠り、するんだな」

多門は投げキッスをして、ドアへの通路に消えた。

そうさせてもらいますと、律子はベッド・ライトの光を絞った。着替えを用意して来ているし、ここから東京プリンセス・ホテルの『アップリケ』に出勤すればよかった。九時まで寝られると、律子は時間を計算していた。

無理に、眠りたいわけではない。ただ歓喜の余韻の中に、たゆたう如《ごと》く浸《ひた》っていたかったのである。しあわせを嚙みしめながら、うつらうつらするのであった。

寝返りを打った。裸身の火照《ほて》りが、毛布の下に満ちていた。律子は充足感を自覚しつつ、浅い眠りに引き込まれていった。目を覚ましたときは、九時だと言い当てることができたほど正確に九時だった。

律子はバス・ローブをまとって、部屋のドアへ直行した。ドアをほんの少し開くと、脇《わき》に新聞を差し込むボックスがある。律子は手を伸ばして朝刊を抜き取り、素早くドアをしめた。

毎朝まずは新聞に目を通すというのも、最近の律子の習慣になっていたのだ。交換殺人グループのそれぞれの標的の名前が、事件の被害者として載っていないかという不安が、ここに来て急激に強まっているからなのだろう。

だが、これまでのところ、律子の不安は杞憂《きゆう》に終わっている。まだ標的の名前は一度も、新聞報道の中に見出《みいだ》していない。そのためか、律子はいつの間にか楽観的な気分に支配されるようになっていた。

お座《ざ》なりに、新聞記事の見出しに目を走らせる。どうせ何も載ってはいないだろうと、タカをくくって社会面を開く。これは一種の義務だからと、自分の習慣を軽《かろ》んじるようになっている。

今朝の律子も、そうであった。

カーテンを寄せて、室内を明るくする。ベッドに腰をおろして、朝刊の社会面を広げる。髪の毛をかき上げながら、見出しだけを拾い読みする。

何もないという先入観が働いているので、目に熱っぽさも加わらない。大丈夫だと、初めから決めてかかっている。新聞の広告欄を眺めるのと、大して変わらない。

それだけに、律子の衝撃は大きかった。ついに見るべきものを見た、という驚きとは違っていた。恐ろしいものを発見したように、律子は息を呑《の》んで凝然《ぎようぜん》となった。

邦人女性、ロスで射殺さる

強盗の白人犯人、その場で逮捕

こういう見出しだったが、そのうちの『ロス』が気になって、律子は記事を読んだのである。アメリカのロスアンジェルスに、太田黒ルリが滞在しているということを、忘れていなかったからであった。

まさかとは、思っていた。

ところが、まさかではなかったのだ。記事の中の『太田黒ルリ』の活字が、アップとなって律子の目の中に飛び込んで来た。顔写真は、載っていなかった。知らない相手なので、顔写真があっても意味はない。太田黒ルリという同名異人は考えられない。名前だけで、十分といえるだろう。

新聞を手にしたままで、律子は立ち上がっていた。

二度、記事を読み返した。

ロスアンジェルスの中心部の南、市の発祥の地でメキシコ領時代の建物が残り、さらにメキシコ人街、中国人街、日本人街もあるプラーザ地区の裏通りで、日本の女性旅行者がピストルで射殺された。現地時間の十八日、午後十時ごろのことである。

被害者は所持品から、東京都文京区《ぶんきょう》千石《せんごく》二丁目に住む太田黒ルリさん、三十五歳とわかった。太田黒さんは単身、九月からアメリカへ観光旅行に来ていて各地を回り、三日前からロスに滞在していた。

太田黒さんはロスの一流ホテルに宿泊していたが、この夜ひとりでプラーザ地区の日本人街を歩いたあと、裏通りで災難に遭《あ》ったらしい。犯人の白人の青年は、犯行現場で目撃者たちが取り押さえ警官に引き渡した。太田黒さんは多額の現金を持っており、犯人はそれに目をつけて尾行し、いきなり襲ったものと思われる。

太田黒さんはピストル三発を撃たれ、二発が心臓と喉を貫通し、ほとんど即死の状態であった。至近距離からピストルを発射され、太田黒さんは逃げる暇もなかったと、目撃者は話している。

「太田黒ルリが、アメリカで強盗に射殺された。この記事、ほんとうなの」

律子は誰かに問うように、言葉を大きな声に出していた。

間違いなく事実だ——と、答えは律子の胸の中にあった。律子の足もとに、新聞が落ちた。とにかく大変なことになった、という驚愕《きょうがく》しかなかった。

あとは、よくわからない。じっとしてはいられずに、浴室へはいってバスタブに適温の湯を注《そそ》いだ。頭の中の混乱をそらすためには、湯にでも浸かるほかはなかった。放心したような顔つきで、律子はバス・ローブを肩から滑《すべ》らせた。

中林千都は、太田黒ルリの死を願っていた。

その太田黒ルリが、アメリカのロスアンジェルスで射殺された。中林千都が依頼しての殺人ではなく、偶発的に起きた強盗事件による死亡である。

白人の若者が、犯人として逮捕されている。中林千都には、まったく無関係であった。それでいて、太田黒ルリの死という目的は、完璧に果たされたのだ。

中林千都は、労せずして地獄から抜け出せた。千都にとっては、まさに僥倖《ぎょうこう》であった。何百万分の一という確率の偶然が、中林千都を救ったのである。

同時に太田黒ルリは、倉持ミユキの標的でもあった。

倉持ミユキは契約として、太田黒ルリの殺害を義務づけられている。倉持ミユキは、夫の昌彦の死という利益を、先取りしていた。そのために倉持ミユキは、何が何でも太田黒ルリを殺さなければならなかった。

本人も十日前の電話で、十月決戦だと言っていた。太田黒ルリの帰国を待って、十月には殺しを決行するという意味であった。だが、その太田黒ルリがロスアンジェルスで、射殺されてしまった。

倉持ミユキは、標的を失った。律子の場合と、同じになったのである。死んだ人間は、殺そうとしても殺せない。そうだとすれば倉持ミユキは、太田黒ルリを殺すという契約や義務から解放されることになる。

いったい、どうなってしまうのだろうか。交換殺人を支えるのは、同じ権利と義務を有し、対等の立場にあることから保たれる均衡《きんこう》なのであった。それが崩れたら、交換殺人は不可能になる。

交換殺人が、不可能になる。それは喜ばしいことだがと、律子は湯の中に沈んで動かずにいた。バス・ルームには、ピチャッという湯の音も響かなかった。

4

標的は、四人であった。

そのうちの二人、城山美代子と太田黒ルリはこの世にいない。標的となり得ないのだ。綿貫こと和久井三郎は、いまだに行方がわかっていない。

もうひとり、倉持昌彦だけがすでに無残に撃ち砕かれた標的となって、地下に眠っている。結局、殺すことになった四人のうち、実際に殺されたのはたったのひとりなのである。

こうなると、交換殺人の図式は崩壊する。そこに交換殺人の権利、そして義務の微妙な相殺《そうさい》行為があるのだ。

森下芙貴子。

倉持昌彦を殺す、という義務を果たしている。

したがって、城山美代子を殺してもらう権利がある。

奈良井律子。

城山美代子が四年前に死亡しているので、殺すという義務を果たすことができない。

したがって、和久井三郎を殺してもらう権利を失った。

中林千都。

殺してもらいたい太田黒ルリが死亡したので、もはや交換殺人に加担する必要がなくなった。

当然、権利を放棄する。

したがって、和久井三郎を殺さなければならない義務はない。

倉持ミユキ。

倉持昌彦を殺してもらう権利は、完全に満たされている。

したがって、太田黒ルリを殺さなければならない義務がある。

だが、太田黒ルリが死んでしまったので、義務の果たしようがない。


以上のようなことになる。

森下芙貴子は、義務を果たしただけで、権利は行使できない。

奈良井律子は、義務を遂行できない代わりに、権利も放棄したがっている。

中林千都は、権利が不要になったのだから当然、義務も果たしたくはないだろう。

倉持ミユキは、権利だけ行使できたが、義務を果たすことは不可能である。

何のことはなかった。四人の標的の三人までが、もうこの世にはいないのだ。つまり森下芙貴子、中林千都、倉持ミユキの三人は、すでに目的を遂げているのであった。

森下芙貴子の憎悪の的《まと》である城山美代子は、四年前に死んでいる。そのことを知って森下芙貴子は、改めて赤飯を炊き乾杯すればいい。

中林千都の過去の秘密を握り、ダニのように取っついて離れない太田黒ルリは、ロスアンジェルスで強盗に射殺された。これで中林千都は脅迫者から解放されて、枕《まくら》を高くして眠れるだろう。

倉持ミユキの最大の障害ともいうべき夫の昌彦は、森下芙貴子が毒殺したうえに死体を山中に埋めてくれた。邪魔者は消えた。独身に戻った倉持ミユキは、恋人と再婚して新しい人生に踏み出せるのだ。

三人が三人とも、文句はないだろう。死亡が確認されず、生きていると思われる標的は、和久井三郎ひとりだけであった。その和久井三郎にしても、律子にとって殺す価値さえない人間ということになっている。

いわば、死んだも同然の和久井三郎だった。わざわざ和久井を殺すことは、誰よりも律子が望んでいないのである。だから、目的を遂げたのも変わらないことになり、律子にもいっさい文句はなかった。

四人が四人、目的を果たしたものと解釈できる。それならば、交換殺人の計画も実行も、これで完了したということになるのではないか。

交換殺人グループは、解散すべきであった。それも、できるだけ早い時期のほうがいい。これは、律子ひとりが考えることではない。ほかの三人も、同じように思っているはずだった。

いまに必ず誰かから、連絡があるに違いない。律子は、それを待つことにした。六日間がすぎて、待っていた電話がかかった。中林千都からであった。

午前六時という時間で、律子はまだ夢の中にいた。明日の夜になれば多門と一緒という期待が、そのまま夢になっていたようである。律子は多門と二人で、外国航路の客船に乗っていた。

船内で、奇妙なベルが鳴っている。どういう合図なのかと、多門と甲板《かんぱん》をうろうろしているうちに、ようやく律子には電話であることがわかった。

律子は、飛び起きた。ベッドのうえにすわり込んで、律子は電話機を膝《ひざ》の前に移した。こんな時間に誰だろうと、律子は送受器をひったくるようにした。

「奈良井ですけど……」

律子は自然に、腹立たしげな口調になっていた。

「ごめんなさいね。あなた、まだおやすみだったんでしょう」

中林千都とわかる声に、恐縮したような節《ふし》がついていた。

「あら、おはようございます」

不機嫌になったりしている場合ではないと、律子はみずからに緊張を促《うなが》した。

「ほんとに、申し訳ないわ。わたくしには、この時間がいちばん安全だからって、自分勝手なことをしちゃったわ」

中林千都の声は、寝起きでない証拠に明るかった。

もっとも太田黒ルリの死が、千都の頭のうえの暗雲を取り払ったということもあるのだろう。中林千都にしても交換殺人から解放されれば当然、生きた心地を取り戻せるのであった。

「いいえ、重要なお電話なんですから、何時でしょうと構いません」

交換殺人が解消されるとなれば、連絡する時間の安全性など考えることもなかろうと、律子は思った。

「そうなんですの。とても重要なことを、お知らせしようと思いましてねえ」

声が甲高くなるくらい、中林千都は語尾を長く伸ばした。

「どうぞ、お話しください」

律子は腰を浮かせて、ネグリジェの裾《すそ》の乱れを直した。

「でしたら、申し上げますわね。わたくしたちは十一月一日に、盛岡のホテルで再会するお約束でしたでしょ。それを一カ月、早めようということになりましたの」

「でしたら、十月一日にってことになるんですか」

「はい、そうなんです。このことは倉持さんから申し入れがありまして、森下さんもわたくしも賛成いたしました」

「そうですか」

「奈良井さんは、いかがかしら。反対なさる理由は、ございませんでしょ」

「はい」

「じゃあ、ご承知くださるんですのね」

「はい」

「よかったわ、これで全員そろいますもの。場所は、盛岡セントラル・ホテルに変わりございません。十月一日の午後六時までに、集合のことだそうです」

「わかりました」

「だいたいお察しのことと思いますけど、もう一度みなさんお集まりになって、例の件について再検討しようってわけなんですの。ここへ来て、何かと事情も変わって参りましたしね」

「太田黒さんのあの事件、ほんとに驚きましたわ」

「いちばん驚いたのは、このわたくしじゃないでしょうか。それこそ腰を抜かしそうになって、三時間ぐらい口がきけませんでしたもの」

「そうでしたでしょうね」

「わたくしには願ってもないことですし、天の助けと申すのも変なんですけど、人の運とか未来とかいうものは、ほんとにわからないんだなってしみじみ思いました。わたくしも好運がすぎるんで、恐ろしくなりましたわ。その代わりこの二日ばかり、警察がいろいろと訊きに来ましたのよ」

「警察がですか」

「ええ、太田黒さんのことで……」

「それはまた、どうしてなんでしょう」

「太田黒さんが持っていたトラベラーズチェックとクレジットの出所《でどころ》が、わたくしだってわかったからでしょうね。それで、わたくしと太田黒さんの関係を、知りたかったんじゃないんですか」

「そのこと自体は、何の心配もいりませんの」

「それはもう、むかしお世話になったお友だちで、ご恩返しに面倒を見て差し上げましたで通るんですから、別に問題はございませんでしょ。それに太田黒さんが殺された事件に、わたくしがかかわっていないことは、はっきりしているんですもの」

「そういうことですわね」

「明らかなのは、倉持さんの撃つべき標的が、消えてなくなったということでしょうね。あと残っているのは、あなたとわたくしの標的だけですわ」

中林千都はそこで、唸《うな》るように吐息した。

「その綿貫か和久井かわからない男のことですけど……」

律子はあえて、城山美代子が死亡していることを、中林千都に打ち明けなかった。

いま、そのことが森下芙貴子や倉持ミユキに伝わると、何かと面倒な結果を招くかもしれなかった。ここで城山美代子の死を告げるのは、時期尚早《じきしょうそう》という気がする。もう少し黙っていようと、律子は用心したのである。

「それがまだ、確かな所在を摑むことができなくて……」

とたんに、中林千都の声は暗くなっていた。

「もう、綿貫のことは、よろしいんじゃないでしょうか。正直に申し上げますと、綿貫への殺意というものが、いまのわたしにはまったくありませんの」

「それは、どういうことなんでしょう」

「ですから、死のうと生きようと綿貫のことなんか、どうでもよくなってしまったんです。綿貫にはもう、何の関心もありません。わたしには、過去と絶縁した将来が始まりそうですし、綿貫に報復することをやめたいんです」

「そうなりますと奈良井さん、契約破棄という違約行為ですから……」

「奥さまだって、そのほうがよろしいでしょう。太田黒さんがああいうことになったんですから、奥さまには綿貫をどうこうする義務なんてないんですものね」

「ですから、その辺の問題を十月一日に集まって、相談しようっていうことなんですわ」

「じゃあ、そのときに改めて、申し上げることにします」

「それにしても和久井っていう男、どこに潜《もぐ》ってしまったんでしょう。あちこちへ和久井の足どりを追っていくと、去年の七月に大阪に現われたっていうところまでは行きつくんだそうです。ところが、大阪でぷっつりと糸が切れてしまう、ということでしてねえ。それから先の消息《しょうそく》は、透明人間になるらしいんです」

「それならそれで、よろしいじゃありませんか」

「まあ、いずれにしても十月一日にお会いしたときに、決着をつけることにいたしましょう」

明るさが、中林千都の笑いに蘇《よみがえ》っていた。

「是非《ぜひ》、そうさせてください」

律子は、頭を下げていた。

「今朝は十月一日のことを、ご連絡申し上げるために、お電話をさせていただきましたの。どうも、失礼いたしました」

中林千都は、なお『どうも』を繰り返した。

「失礼します、ごめんください」

律子のほうが先に、送受器を置いた。

闇《やみ》の中に見出した光明《こうみよう》が一気に幅を広げて、あたりを真昼のように照らすといった律子の気分だった。その光明の下を、律子の未来への道が続いている。

十月一日の話し合いで、いっさいの解決を見ることになる。いや、何とかしてすべてを解消させたうえに、後腐れのない四人の別離を迎えるようにしなければならない。

その障害になるとすれば、森下芙貴子の存在だろう。森下芙貴子だけが、殺人を実行してしまっているのだ。倉持昌彦ひとりでも殺していれば、四人の女は共犯者ということで、その結びつきは永久に消えないのだ。

何らかの形で、森下芙貴子にあとの三人が償《つぐな》いをする。たとえば、森下芙貴子に三人が口止め料を支払う。あるいは、森下芙貴子の弱みを握ることで沈黙させる。

方法は、あるはずだった。

森下芙貴子には、不審な点が多い。どことなく、疑わしい一面を感じるのだ。その思いを、律子は捨てきれていない。城山美代子が四年前に心中しているのを、森下芙貴子が今日まで知らずにいるということにしても、釈然《しやくぜん》としないものが残るのである。

森下芙貴子は知っている、という可能性のほうがはるかに大きい。それが自然であり、知らないということは疑問の入口になるのであった。

森下芙貴子は、城山美代子の心中事件を百も承知でいるのではないか。四年前に死んでいることがわかっていて、わざわざ殺したい人間として城山美代子を指名した。

なぜか。

そこに、何かあるのだ。

城山美代子殺害を任された律子は、まずその所在を確かめることから始める。城山美代子の消息を追っていけば当然、四年前の心中事件に突き当たることになる。

律子は、びっくりする。どうして死んでいる人間を、交換殺人の標的にしたのかと、律子は森下芙貴子を詰問《きつもん》せずにいられない。そのとき、森下芙貴子はどう答えるつもりだったのか。

「四年前の心中事件なんて、わたしは知りませんでした」

森下芙貴子は、これで押し通す気でいたのではないか。

森下芙貴子は城山美代子に、殺意など抱いていなかった。森下芙貴子には初めから、殺しの対象となる人間がいなかった。だが、殺したい人間というものを作るために、四年前に死んでいる城山美代子を指名したのではないか。

ほかにも、不審に感じられることがある。森下芙貴子は、七月の末に倉持昌彦を殺害した。四人の交換殺人の謀議が固まって、一カ月もたっていなかった。ほかの三人は、まだ実行に踏み切っていない。誰もが慎重に構える段階であり、最初に義務を果たした者は損をするという気持ちに揺れていた。

それなのに森下芙貴子だけは事を急《せ》くように、実にあっさりと殺人を決行した。それは、なぜなのか。

律子は、城山美代子の妹の麻知子に、会ってみることを決めていた。

5

城山麻知子に連絡する場合は、夜の七時すぎがいいだろうと、富塚夕記から言われていた。その指示に従って、夜の七時すぎに電話をかけた律子には、初めて富塚夕記の言葉の意味がわかった。『クラブ・フラットでございます』と、電話に出た男の声が応じたからだった。

「クラブ・フラット……！」

律子にもクラブであることはわかったが、予想していなかっただけに戸惑いを覚えた。

「はい。銀座並木《ぎんざなみき》通りのクラブ・フラットでございます」

ボーイらしい男の声は、そのように言い直した。

城山麻知子の勤め先は、夜の商売ということであった。クラブというからには、城山麻知子はそこのホステスなのだろう。富塚夕記が教えてくれた連絡先は、自宅の電話番号ではなく、城山麻知子が働いている銀座のクラブだったのだ。

「城山麻知子さん、そちらで働いているんだろうと思いますけど、おられますでしょうか」

律子は、城山麻知子という本名を、告げるしかなかった。

「城山麻知子……。チマさんですね、お待ちください」

男の声がそう言って、オルゴールのメロディと替わった。

チマさん――麻知子のマチを逆《さか》さにした源氏名《げんじな》だと、律子にもすぐに察しがついた。東京へ引き移ってからの城山家の生活が、あまり恵まれていないのは当然であった。麻知子の勤め先もそういうことから決まったのに違いない。

「チマですけど……」

オルゴールのメロディと変わらないような、可愛《かわい》らしい女の声が電話に出た。

「失礼ですけど、城山美代子さんの妹さんの麻知子さんでいらっしゃいますね」

律子は念のために、城山美代子の名前を持ち出した。

「はい、そうですけど……」

麻知子は、訝《いぶか》るように声を低くした。

「富塚夕記さんから、あなたのことを伺《うかが》いました。わたくし、奈良井と申します。どうしても、麻知子さんにお目にかかりたくて、お電話いたしました」

律子は、周囲に目を配った。

『アップリケ』の事務所の電話を使っているので、従業員の視線を気にすることになるのだった。

「奈良井さんですか」

聞いたことがある名前かどうか、麻知子は記憶を探っているようであった。

「明日の晩、そちらへお伺いします。よろしいでしょうか」

律子は、クラブ・フラットへ行くことを、咄嗟《とっさ》に決めていた。

せめて店の客ぐらいにはならないと、麻知子に申し訳ないと思ったのである。

「用件は、どんなことなんですか」

麻知子は、警戒する口ぶりだった。

「あなたのむかしのお友だちのことを、教えていただきたいんです。富塚さんにも、お会いして来ました。それに、お店でお話ができるんですから、大したことじゃありませんわ」

律子は、笑った声で言った。

「わかりました。明日のいまごろ、いらしてください。この時間ですと、店はまだすいてますから……」

ようやく、麻知子は納得した。

律子は、多門陶器の本社へ電話を入れた。銀座のクラブへ、律子ひとりでは行けなかった。多門に、同行してもらえば助かる。明日は、多門とのデートの日であった。ホテルへ向かう前に、銀座に寄ることにすればよかった。

多門はもちろん、律子の頼みを二つ返事で引き受けた。いかにも遊び人らしく、多門はちゃんとクラブ・フラットを知っていた。以前、何度か通ったことがあったという。それも、好都合だった。

翌日の午後六時半に、多門は東京プリンセス・ホテルへ律子を迎えに来た。多門と律子は、ハイヤーで銀座へ向かった。銀座の並木通りの入口でハイヤーを降りたあと、多門は迷うことなくクラブ・フラットのあるビルへ律子を案内した。

「フラットっていうのは、平面の意味だ。確かに、四方へ広くて平面という感じの店だよ。それに、ふらっとお寄りくださいっていうのを引っかけて、フラットを店の名前にしたんだそうだよ」

エレベーターの中で、多門がそのように説明した。

クラブ・フラットにはいるとクロークのあたりで、マネージャーやボーイの何人かが多門に挨拶《あいさつ》した。多門を笑顔で迎えるホステスも、少なくはなかった。だが、チマさんというホステスは、多門にも心当たりがないということだった。

指名されたチマさんが、真っ先に席についた。

城山麻知子は、律子の隣りにすわった。少し離れたところで四、五人のホステスが多門ひとりを取り囲み、早くも賑《にぎ》やかな雰囲気に盛り上げていた。

ほかはまだ、ほとんどが空席であった。話し合うことを、妨げるような音も声も聞こえない。普通のOLのように平凡な服装の麻知子と、律子は初対面の挨拶を交《か》わした。麻知子は、美人と評判だった城山美代子の妹だけのことはあった。

バタ臭くて華やかという美貌ではないが、整った顔立ちがチャーミングである。それに、可憐《かれん》な感じが印象的だった。素人《しろうと》っぽくて幼く見えるせいか、近ごろには珍しい純情派タイプに受け取れる。

「わたしのむかしの友だちって、誰のことなんでしょう」

麻知子は、やや固い表情でいた。

律子にまだ心を許せないために、麻知子は緊張気味なのだろう。

麻知子のむかしの友人として、ひとりの候補者が律子の胸のうちにいる。ただし、あくまで候補者であって、それが実際に麻知子の友人であるかどうかはわからないのだ。

年齢であった。

麻知子は、姉と二つ違いと聞かされている。いまの麻知子は、二十四歳ということになる。

律子の胸にある候補者も、二十四歳なのである。

両者とも女、同じ年齢、そして福岡市に住んでいた。それだけの根拠から、律子は無理に友人同士という答えを引き出したのであった。

たとえば、高校が一緒ということもあり得る。それで律子は麻知子に、あなたのむかしの友だちのことで話がしたい、と言ったのだった。

だから、思いつきにすぎない。おそらく、期待はずれに終わるだろう。しかし、イチかバチかの勝負を賭《か》けて、森下芙貴子の名前をぶつけてみるぐらいの価値はある。

「森下芙貴子さんって、あなたご存じかしら」

律子は、麻知子の目を見据《みす》えた。

「はい」

至極《しごく》当然というふうに、麻知子は表情も変えずにうなずいた。

あまりにも簡単に賭けの結果が出たことに、律子のほうが呆然《ぼうぜん》となっていた。まさかと思って射た矢が、的の中心を貫いたようなものだった。

「ご存じなの」

奇妙なことだが、律子はにわかに信じられなかった。

「ええ。福岡に住んでいる森下芙貴子さんでしょ」

城山麻知子は、おもしろくもないという顔でいた。

「そうです。いまは西日本製鉄の福岡本社に、お勤めだそうだけど……」

律子は、心臓に痛みを覚えた。

「その森下芙貴子さん、よく知っていました」

麻知子はチラッと、むかしを振り返る眼差《まなざ》しになった。

「いまも、お手紙のやりとりぐらいはあるんですか」

律子は、身を乗り出した。

「いいえ、高校卒業までの付き合いでした。その後は、絶交状態です」

運ばれて来たカクテルを、麻知子は律子の前に置いた。

「高校が、一緒だったのね」

そこまで自分の読みが正しかったことに、律子は怖さを感じていた。

「ええ、クラスは違いましたけど……」

麻知子は、手つきでカクテルを律子にすすめた。

「そこで、お尋ねしたいんですけど……」

思ったより容易に核心に触れられるということで、律子はさっそく本題にはいった。

「森下芙貴子さんって、あまり好きにはなれない人でした」

麻知子は、律子を牽制《けんせい》するようにそう言った。

「あなたのお姉さんが亡くなられたことを、森下芙貴子さんはいまもって知らずにいる。

そういったことって、あり得ると思いますか」

「いいえ、ありません」

「そんなふうに、断言できる根拠がありますの」

「姉が死んだとき、森下さんから電話がありました。そのとき森下さんと口をきいたの
が、高校卒業後の最初にして最後ってことになります」

「森下さんは、電話でどんなことを言って来たんですか」

「姉が死んだってニュースで知ったけど、とても信じられないので確かめたいって言いま

した」

「でしたら森下さんは、お姉さんともお知り合いだったのね」

「知り合い、ではないでしょうね。城山美代子がわたしの姉だってことは、森下さんもよく承知していました。でも、姉と森下さんのあいだには、接触というものがまったくなかったはずです」

「たとえば、会ったら挨拶を交わすってことも……」

「ありません。特に姉のほうは森下さんのことを、面識もない相手としてまるで知らなかったんじゃないんですか」

「ただ森下さんのほうは、あなたのお姉さんの存在を知っていて、意識もしていたってことかしら」

「そうです」

「森下さんはなぜ、あなたのお姉さんのことを、意識していたんでしょうね。何か、特別な理由があったの」

「ありました」

「どんなことなんですか」

「森下さんは、高校二年のときに熱烈な恋をしたんです。相手の男性も女子高生なら新鮮だぐらいの気持ちから、森下さんと適当に遊んだんでしょうね。それで森下さんはますます、その男性に夢中になってしまったらしいんです」

「森下さんは、その男性のものになりたいって、そのころ悩んだんだそうよ」

「森下さん、その男性のものになっていたんでしょ。でも男のほうは、遊びのつもりでいるから、なかなか相手になってくれない。それで森下さんは何とかその男性に抱かれたいって、むしろセックスの問題として悩んでいたみたいです」

「そういうことだったんですか」

「ところが、その男性がわたしの姉に恋をしちゃったんです」

「あなたのお姉さんは、たいへんモテたそうですから……」

「それにしても、その男性は異常なくらいでした。電話もラブレターも毎日でしたし、姉が外出すれば必ず待ち伏せしていたし、もう狂ったみたいな熱の上げようだったんです。姉にとっては眼中にない相手っていうことなんで、あのころはほんとに家族まで参ってしまいました」

「そのときのお姉さんには、すでに江藤聖次さんという愛する男性がいたんでしょうしね」

「それもありましたけど、姉は好きでもない男に対しては徹底して冷淡な人でしたから……。ラブレターは封も切らずに捨ててしまう、電話にはいっさい出ない、付きまとわれると交番へ逃げ込む。そんな毎日が、続きましたね」

「その男性は、最後まで片想い、フラレッぱなしってことね」

「同時に森下さんも片想い、フラレるってことになったんです。姉に夢中になった男性は、もう森下さんのことを見向きもしなくなるでしょ」

「森下さんは、その男性に捨てられたことになりますわね」

「そのことでわたし一度、森下さんに呼び出されたんです。森下さんの彼を、姉が横取りした。彼を返してくれないんなら自殺するって、森下さんはものすごい見幕《けんまく》でした。でも、話がまるっきり違うんだし、どうすることもできないでしょ」

「結局、その男性はどうなりましたの」

「迷惑だから近づかないでって姉に罵倒《ばとう》されて、それがよっぽどショックだったらしく、間もなく福岡から姿を消しました。勤め先の建築会社に、転勤を申し出たんだそうです」

「それで森下さんは、自殺を図ったんですね」

「そうみたいです」

「森下さんがその後遺症で、病院の精神科に通院したり、高校卒業が一年延びたりしたっていうのも、事実なんでしょうか」

「それは、ほんとです」

「間違っているのは、あなたのお姉さんが森下さんの恋人を奪った、ということなんだわ」

「それは、とんでもない誤解です。誤解というよりも森下さんとしては、そのように思い込まずにはいられなかったんでしょうね」

「森下さんは、十七歳だったんでしょう。その恋人だっていう男は、いくつぐらいの人だったんです」

「姉より五つうえだって聞きましたから、森下さんとは七つ違い。そのころは、二十四だったんでしょうか」

「建築会社に、勤めていたんですね」

「ええ」

「あなた、その男性の名前を、記憶していらっしゃるかしら」

律子は、カクテルのグラスを手にした。

「忘れられません。前川《まえかわ》昌彦という二級建築士でした」

麻知子は答えた。

「待って、マサヒコってどういう字を書くんですか」

律子はテーブルのうえに、グラスを取り落とした。

グラスが音を立てて倒れ、中身のカクテルがテーブルのうえに流れた。多門と数人のホステスが、律子へ視線を集めた。

「日を二つ書く昌の字に、普通の彦兵衛の彦です」

麻知子は少しもあわてずに、おしぼりでこぼれたカクテルをふき取った。

「昌彦……」

律子は、絶句した。

6

九月三十日は、夜の十時に帰宅した。

明日は、盛岡へ向かうことになる。昼間のうちに盛岡セントラル・ホテルへ、予約を申し込んでおいた。一泊の予約だった。十月二日には、必ず帰ってくるつもりである。

盛岡へ行くことは、多門の耳に入れてなかった。『アップリケ』の従業員にも、明日一日だけ休むとしか言ってない。

十月三日から四日にかけては、多門と一緒に過ごす夜になる。だから、どんなことがあっても、十月二日には帰ってこなければならないのだ。

盛岡で三人の女に永遠の訣別《けつべつ》を告げて、過去の清掃も終えた律子として三日には多門と会いたいのである。律子の人生において敵地へ乗り込むような経験は、これを最後としなければならない。

それには、不透明な部分を指の先ほども残さずに、決着をつけることだった。どうやらトンネルを抜けられそうだと、律子は自信らしきものを胸に抱いていた。

厄介《やつかい》なのは、森下芙貴子という城だと、律子には予見があった。しかし、その城も城山麻知子に会ったことから、難攻不落ではなくなった。

律子は帰宅して、いつものように郵便受けの中を覗《のぞ》いた。新聞のほかに、一通の封書がはいっていた。住所と宛名を書いた字に、律子は見覚えがあるような気がした。

差出人の名は、記されてない。その代わり、加古川《かこがわ》市加古川町・加古川刑務所と、印刷されたような文字が並んでいた。加古川市というのは、確か兵庫県にあったとわかる程度で、まったく馴染《なじ》みがなかった。

それに、刑務所から手紙を受け取るのも、律子には覚えがないことだった。律子は、封を開いた。中身は数枚の便箋《びんせん》で、封筒の表と同じペン字で埋まっていた。

律子は、ハッとなった。見覚えがあるような気がしたのは、綿貫愛一郎の達筆による文字だからなのである。綿貫愛一郎が、手紙をよこしたのだ。懐《なつ》かしさが、込み上げてくることもない。

そのことで、律子の感情が波立ったりはしなかった。律子はただ驚かされただけであった。

しかし、衝撃を受けることにもならないし、律子が殺しの対象とした当の相手であり、実際に中林千都は綿貫の行方を追って、和久井三郎という本名まで調べ上げたのである。そういう意味では、律子も知らん顔はできなかった。

律子は手紙の内容に、重大な関心を寄せずにいられない。盛岡へ行く前日に、手紙が届いたということが、天の配剤となるかもしれないのであった。律子は立ったままで、手紙を読み始めた。

ご無沙汰《ぶさた》しておりますと、申し上げるわけにも参りません
その後いかがお過ごしですかとも、厚かましくてお尋ねできません。第一、この手紙があなたのお手元に、届くかどうかもわからないのです。あなたが移転されたり、あるいは別世界での人生へ乗り換えられたりは、大いにあり得ることなのです。
そうなれば、この手紙の封をあなたが切らずとも、不思議ではありません。宛先不明、受け取り拒否で返送されてくることも覚悟のうえで、この手紙を書いております。

私は、綿貫愛一郎であります。

いいえ、刑務所内で書く手紙に、偽名は通用しません。したがって、ここに初めて私の本名を明かします。

綿貫愛一郎は偽名であり、本名は和久井三郎であります。

一般詐欺《さぎ》二件、結婚詐欺二件の前科がある和久井三郎です。さぞかし驚かれたことでしょうが、これが私という人間の正体であります。

あなたに対しては、次の五つのほかに申し上げるべきことはございません。

一、何から何まで大変ご迷惑をおかけいたしました。

一、大変お世話になりました。

一、いったいどうなっているのかとあなたの頭を混乱させ、どこへ消えてしまったのかとあなたを苦しめたことと思います。

一、申し訳ございません。

一、衷心《ちゆうしん》よりお詫びいたしますので、どうかお許しください。

ただし、誓って申し上げますが、あなたに対する作為的な行動はいっさいございません。詐欺師として、あなたを餌食《えじき》にしようといった考えは、毛頭《もうとう》ありませんでした。あなたの前から姿を消して、逃げ失《う》せようなどとは思ったこともありません。

去年の七月に、大阪へ参りました。

ところが、宿泊先のホテルで私はA子さんに、姿を見られることになったのです。私のほうは、気づかずにおりました。A子さんというのは、神戸《こうべ》市に住む独身女性で、数店の貸し店舗を所有するハイミスです。

私は二年前に、このA子さんの前からドロンを決め込みました。結婚を前提とした交際を続ける半年間に、私はA子さんから合計一千二百万円を騙《だま》し取り、そのまま行方をくらましたのであります。

つまりA子さんは、私の結婚詐欺の犠牲者ということになります。A子さんは警察へ被害届を出しましたが、私の正体については何もわかりません。

そうなったら、私そのものを捕えて警察へ突き出すほかには、刑務所に送ってやる方法はなかろうと、A子さんは探索行動を開始しました。

以来、一年ものあいだA子さんは暇さえあれば、大阪、京都、神戸の各ホテルの見張りを続けたのであります。そして一年後の去年の七月、女の執念が実を結んでA子さんは大阪の某ホテルのロビーで、ついに私を発見したのであります。

そんなこととは露知《つゆし》らず翌日、私は神戸のホテルに引き移りました。それを尾行したA子さんは警察に通報、私はホテルから生田《いくた》警察署へ連行されたのであります。

そうなっては、動きが取れません。Ａ子さんの知人やら何人も証人がいるのですから、シラをきっても通らないのです。私は結婚詐欺の事実を認め、その場において逮捕されたのであります。

四カ月後の一審判決で懲役三年の刑が下り、私は上告しませんでしたので、加古川刑務所にて服役となりました。今度ばかりは仮出所の見込みもありませんから、満期までのあと二年間を刑務所で過ごすことになると思います。

あなたに迷惑が及ぶのを恐れて、そういった事態をいっさいお知らせしませんでした。また東京における生活に関しても、事件にかかわりなしということで、私は喋っておりません。

しかし、いまはもう大丈夫ということで、あなたに迷惑は絶対に及ばないとの判断から、偽らざる事実のご報告を思い立ち、お手紙をしたためた次第であります。

何とぞご理解のうえ、私の心中ご推察くださされますようお願い申し上げます。あなたのご健康とご多幸を、心よりお祈りいたします。

和久井三郎拝
奈良井律子様
読み終えた手紙を封筒に戻し、律子はそれをバッグに押し込んだ。律子は、ソファに腰を沈めた。とたんに、低音の笑い声が洩れた。律子の笑い声は、次第に大きくなった。あまりにも滑稽《こっけい》で、何とも馬鹿馬鹿しく、そして自嘲《じちょう》的な、という律子の笑いだった。

翌日、律子は正午に上野駅を出る東北新幹線に乗った。列車内で律子は、ひとつだけに絞った疑問点について、思考と推理を続けた。その疑問点とは『なぜ森下芙貴子は、交換殺人の計画に加わったのか』ということであった。

やまびこ四三号は、午後三時十九分に盛岡についた。律子は、盛岡セントラル・ホテルへ直行した。約二時間は、ホテルの自分の部屋で待つことになる。

六時に、律子は部屋を出た。エレベーターに乗った。十階を、目ざす。集合場所は、ローヤル・スィートであった。前回と同じローヤル・スィートに、今度も中林千都が泊まることになっていた。

チャイムを、鳴らした。ドアが開かれて、森下芙貴子が顔を覗かせた。ダイニング・ルームの楕円《だえん》形のテーブルを前に、中林千都と倉持ミユキが椅子《いす》を並べてすわっている。何もかも、この前のときと変わらない。

違っているのはテーブルのうえに、飲み物も料理も置かれていないということだった。それに雰囲気も、前回どおりではなかった。集まった四人の女が、それぞれ気難しい顔つきでいる。

足並みがそろわないというか、どこかチグハグな感じがする。全員の思惑《おもわく》が異なってい
て、複雑な気持ちでいるせいかもしれない。さりげない風を装ってはいるが、気づまりな
胸のうちはお互いさまなのだ。
「みなさま、どうもご苦労さまでございました。みなさまのご意志もあって、こうして再
会の場を設けたのでございますから、どうぞ忌憚《きたん》のないご意見をお聞かせください。年長
者といたしまして、ひと言ご挨拶を申し上げました」
　そのように、中林千都が開会を宣した。
「要するに、計画の変更を余儀なくされたってことなんですよね。ご存じのように予期せ
ぬ出来事があったりして、計画どおりいかなくなってしまったでしょ」
　倉持ミユキが、そう補足した。
　森下芙貴子は、中林千都の正面にすわっていた。森下芙貴子は、顔を伏せて黙り込んで
いる。
　律子は、立ったままでいた。壁の絵画を、眺めている。だが、野暮《やぼ》ったい抽象画を、観
賞しているのではなかった。準備は、整っている。あとは発言の機会を、待つばかりであ
った。
「倉持さんの場合は、ほんとに困ってしまいますわね」

そう言った中林千都が、誰よりも気楽でいるようだった。

「そうなんです。何しろ、わたしが引き受けた太田黒ルリは、ひと足お先にってこの世から消えてしまったんですもの」

倉持ミユキも、困惑の表情を無理に作っていた。

「だからって、倉持さんだけお役御免《やくごめん》にするってわけにも、参りませんでしょう。奈良井さんには何か、おっしゃることがおありなんでしょ」

中林千都が律子に、意見を求めて来た。

いまだ——と、律子は向き直った。

「みなさん、お役御免になったら、よろしいんじゃありません?」

律子は言った。

「それ、どういうことかしら」

倉持ミユキは律子に、意地の悪そうな目を向けた。

「簡単に言えば、計画を中止するっていうことです。いいえ、中止じゃなくてご破算だわ。わたしたちの計画なんて、初めからなかったことにするんです」

律子は、テーブルに近づいた。

「ええっ……」

倉持ミユキの視線が、あちこちへ忙しく移動した。

「最初のわたしたちの計画では、四人を殺すことになっていましたわね。ところが、いまになってみると、殺すべき四人の相手がいなくなっているんです。でしたら、計画自体がナンセンスもいいところで、ご破算にするほかはないじゃありませんか。まず倉持先生ですけど、先生が殺すべき太田黒ルリさんはアメリカで死亡しましたね」

律子は、ミユキの背後へ回った。

「そのことは、はっきりしていますけどね。中林さんが殺すべき相手となると、死んでなんかいないでしょ」

ミユキは、律子を振り返った。

ミユキは、いやな顔をしていた。律子が急に『先生』と呼び始めたことが、ミユキには皮肉と受け取れたのかもしれない。

「綿貫愛一郎こと和久井三郎は、殺してくれというわたしの依頼を撤回いたします。殺す必要がなくなったからと、このことは中林さんにお電話で申し上げました。仮に何が何でも和久井を殺すということになっても、わたしたちには絶対に不可能です。なぜなら和久井は、刑務所の中にいるからなんです。あと二年、和久井は服役します」

律子は、ミユキと千都のあいだに立った。

「刑務所にいるとなると……」

殺害が不可能であることを認めて、倉持ミユキはうなずいた。

「これが、服役中の和久井から来た手紙です。和久井は、刑務所におります。和久井に、手出しすることは不可能です。そうなったら和久井もまた、死んだ太田黒さんと変わりありませんでしょう」

中林千都の目の前に、律子は和久井からの手紙を置いた。

「でしたら奈良井さん、あなたが殺すべき相手はどうなんですか」

テーブル沿いに歩く律子を、倉持ミユキの突き刺すような視線が追いかけた。

「城山美代子さんという女性ですが、実はその城山美代子も、四年前に亡くなっているんです」

律子は立ちどまって、テーブルの端を両手で摑んだ。

「何ですって……！」

ミユキは、腰を浮かせた。

「そんなことって、ありますか！」

中林千都は、驚いた顔をのけぞらせた。

森下芙貴子だけは反応を示さず、律子のほうを見ようともしなかった。

「森下芙貴子さんはなぜか、四年前に亡くなっている人を、わたしが殺すべき人間として指定なさいました」

律子は、森下芙貴子を一瞥《いちべつ》した。

「それはいったい、どういうことなんでしょうね」

中林千都は律子と芙貴子へ、交互に目を走らせた。

「森下さんには、殺したい人間なんていなかったんです。けれども森下さんはきっと、わたしたちの交換殺人にどうしても仲間入りしたかったんでしょうね。仲間入りするには、殺さずにはいられない人間というのが、いなければならない。ところが森下さんには、殺したい人間なんていなかった。そこで、誰かを適当に殺したい人間にデッチ上げた。なぜ殺したいかを説明するために、森下さんが選んだのは四年前に亡くなっている城山美代子さんだったんです」

律子の両腕が震えているせいか、テーブルのうえに飾られたバラの花が揺れていた。

7

中林千都と倉持ミユキは、圧倒されたように黙り込んでいた。おそらく胸のうちを、収拾のつかない思いが忙しく行き交《か》っているのに違いない。だが、見たところは、唖然《あぜん》とした顔つきだった。

森下芙貴子のほうが、泰然自若《たいぜんじじゃく》としていた。いや、感じ方が鈍《にぶ》いのかもしれなかった。そうでなければ、開き直っているのだろう。伏せた顔を、上げようともしなかった。自分には関係ないみたいに、表情を引き締めてもいない。

律子は、富塚夕記と城山麻知子から聞いた話を、詳細に披露《ひろう》した。主観をまじえない報告だった。中林千都は、探るような目を森下芙貴子へ向けていた。倉持ミユキは、虚脱したように身動きすることもなかった。

「森下さんにとっては、誰でもよかったんです。でも実在する人間、たとえば隣りの家の奥さんが、殺されても困るでしょう。それで森下さんは、とっくに死んでしまっている城山美代子さんを特定しました。五、六年前、憎んで憎んで憎み抜いた城山美代子さんなら、いかに殺してやりたいか真に迫って、説明することもできるわけです」

律子はテーブルを離れて、再び歩き出した。

「でも、それなら森下さんはどうして、昌彦を殺したりしたんですか」

倉持ミユキが、小学生のように手を上げて訊いた。

「倉持先生、ご主人の旧姓は前川さんじゃないんですか」

「奈良井さん、どうしてご存じなんでしょう」

「森下さんのかつての恋人、死ぬほど愛していたのに城山美代子さんに拒絶されて福岡から姿を消した森下さんの恋人は、二級建築士で前川昌彦さん、現在の年齢が三十一歳なんです」

「だったら……」

「そう、倉持さんのご主人だった倉持昌彦さんだったんです」

「そんな……」

「前回、わたしたちはここで殺したい相手のことを、そろって告白しました。そのとき倉持さんの話を聞いて、倉持さんのご主人がむかし愛した彼だったんだって、森下さんにはすぐわかったはずです。だから森下さんは、関係ないからって彼の名前を、明かそうとしなかったじゃないですか」

「そうよ、そうでした」

「森下さんが進んで、倉持さんのご主人を殺す役目を引き受けたのも、そういうことだったからでしょうね。あのときの森下さんは、彼に再会できそうだって胸がはち切れそうだったんじゃないんですか」

「そうなると、昌彦は……」

「生きています。七年もむかしのことだろうと、死ぬほど好きになった人を、忘れられるはずはありません。その昌彦さんをいとも簡単に毒殺して、冷酷にも死体を山の中に埋めたりできますか」

「じゃあ、昌彦を殺したなんて、嘘だったのね」

「もちろんです。森下さんは昌彦さんを呼び出して、すべてを打ち明けたんでしょうね。あなたを殺してくれって、奥さんから頼まれた。そんな恐ろしい奥さんとは、いますぐ手を切ったほうがいい。わたしに殺されて、死体も絶対にわからないところに埋めたっていうことにして、あなたは行方をくらましなさい。時期がくるまで隠れていて、あとで復《ふく》讐《しゅう》するってこともできる。わたしはもう離れないし、隠れているあいだの面倒は見るからって、話し合いがまとまったんじゃないですか」

「ひどい！」

「ひどいのはお互いさまでしょうけど、倉持昌彦さんが生きていることは確かです。福岡市内では、むかしの知人や友だちと鉢合《はちあ》わせする恐れがあるっていうので、昌彦さんは福岡市の近くに落ち着いているんじゃないかと思います。その昌彦さんと森下さんは、一緒に住んでいるんじゃないですか」

「そういうことなら、森下さんも殺すべき相手を、殺してはいないっていうわけね」

「そうなんです。四人が四人、誰も殺してはいないんです。殺す必要も、なくなったっていうことなんです。だから、何事もご破算にしようって、申し上げているんです」

「信じられないわ、昌彦を殺して埋めたなんて嘘をついて……」

「早すぎましたね。森下さんだけがさっさと、義務を果たすなんて不自然ですもの。いまの若い人たちって、何よりも義務を果たすことが嫌いなはずなんだから……」

「この先、どういうことになるのかしら。昌彦に報復されるなんてことになったら、わたしの人生おしまいだわ」

「さあ、どうなることでしょうね」

「昌彦のことは、森下さんに任せるわよ。森下さんだって、女房のいる男を寝取ったってことになるのよ。責任を持って、昌彦に妙な考えを起こさせないようにしてくれなきゃ困るわ」

倉持ミユキは立っていって、壁際のソファのうえに引っくり返った。

「森下さんはいつまでも、昌彦さんと一緒にいられるかどうか……」

ミユキと交替するように、律子は森下芙貴子の隣りの椅子に腰を据えた。

律子がそばに来たということにも、森下芙貴子は反応を示さなかった。自分に向けられている疑惑と非難の目も、意識してはいないようだった。何を考えているのか、わからない森下芙貴子である。

「ですけどね、奈良井さん。わたくしには、何とも理解できませんわ」

中林千都が和久井の手紙から目を離して、疲れたというふうに肩を落とした。

「何がでしょうか」

律子は、千都に微笑《ほほえ》みかけた。

「あなたは、森下さんがどうしても交換殺人の仲間入りがしたかったんだって、おっしゃいましたわね」

「はい」

「それは、どういうことなんでしょうか。自分に殺したい人間もいないのに、進んで交換殺人の仲間入りをするなんて、正常とは考えられませんわ」

「わたしにもその疑問が、最後まで残りましたの。新幹線が盛岡につくまで、悪い頭をフル回転させましたわ。それでどうにか、結論をひねり出すことができました」

「その重大な謎が、奈良井さんには解けたんですか」

「ええ」

「わたくしにもわかるように、証明してくださいません？」

「なぜ、無理してまで森下さんは、仲間入りをしたかったのか。その気持ちを裏返せば、仲間はずれにされたくなかったということになります」

「四人が一緒にいて、その中から自分だけ弾《はじ》き出されたくなかったということでしょうか」

「はい。自分だけ、除《の》け者にされたくない。自分だけ、置き去りにされたくない。つまり森下さんは、精神的な孤立感に怯《おび》えていたんでしょうね。ひとりになるのが恐ろしい、心細さに耐えきれないという状態に、森下さんは置かれていたんです」

「ひとり枠外に、はみ出してしまうのが怖かったんですの」

「そうなんです」

「それは、どうしてなんでしょうか」

「たまたま一緒になったわたしたちと、連帯意識で結ばれていたかった。交換殺人グループとなれば、血の結束ですからとても力強いですわね」

「ええ」

「そういう共通性を持てば、森下さんは気持ちのうえで救われる。孤独じゃなくなるんです。では、なぜ森下さんはそれほど心細くて、孤立感に身震いしていたのでしょうか。人間の心理として最初に、犯罪者の孤立感ということが考えられます」

「犯罪者……」

「罪を犯そうなんて、これっぽっちも考えていなかった。それが偶発的なことから、重い罪を犯すことになった。そうしたときの人間って、孤独で心細くてひとりぼっちになる不安には、とても耐えきれないんじゃないでしょうか」

「森下さんは、犯罪者だってことなんですか」

「はい」

「わたくしたちと出会う前に、罪を犯して来たってことかしら」

「おそらく、直前だったんだと思います。一昨日《おととい》の午後から宿泊先の盛岡ホテル東北でひとりきりになって、夜を迎えて盛岡セントラル・ホテルへ移ったという森下さんの話を聞いたとき、わたし釈然としないものは感じました」

「引っかかるところが、ありましたのね」

「はい。午後からずっとひとりでいたホテルを、夜になってから出たうえに、ほかのホテルに引き移るっていうのはずいぶん乱暴だと思いません？」

「ホテルを出るのは普通、朝ってことになりますものね」

「それは、避難したというふうに受け取れます。森下さんは、午後からずっとひとりでいた盛岡ホテル東北で何か恐ろしい目に遭ったために、夜になってほかのホテルへ逃げたんだと思います。おもしろくないことがあったので、すぐには福岡へ帰りたくないんだという森下さんの言葉も、それを裏付けておりますわ」

「盛岡ホテル東北で、何かあったということなんですか」

「はい」

「それが、森下さんの犯罪というのに、結びつくのかしら」

「はい。森下さんは、盛岡ホテル東北で起こった事件が原因で、人を殺しているんじゃないんですか」

律子は、森下芙貴子の横顔に目を転じた。

「人殺し……！」

中林千都は、両手を落とすようにしてテーブルを叩《たた》いた。

「いったい、どうなっているの」

倉持ミユキが、ソファから立ち上がった。

人間の声が途絶えて、空気が凍りついたように静まり返った。

「わたしから、話します」

森下芙貴子が、沈黙を破った。

「それがいいわ」

律子は、溜息をついた。

「奈良井さんがおっしゃったことは、どれもこれも当たっています。特に人殺しについては、おっしゃるとおりです。友だちが北海道と福岡へ出発したあと、わたしひとりで盛岡ホテル東北の部屋に残ったんです。それで、夕方になりました」

声に抑揚《よくよう》がなく、締まりのない口調で言った。

夕方の五時ごろ、部屋のドアがノックされた。ベッドに横になっていた芙貴子は気軽に立って行き、まったく無警戒にドアをあけた。とたんに、芙貴子は強い力で突き飛ばされた。

転倒して見上げた芙貴子の目に、面識のない男の姿が映じた。男は、駆け寄って来た。芙貴子は、起き上がる暇も与えられなかった。男は馬乗りになって、芙貴子を押さえつけた。

大声を出した芙貴子の顔を、男は立て続けに殴りつけた。浴衣《ゆかた》を着ただけの姿でいたことを、芙貴子は後悔したが間に合わなかった。浴衣の前を大きく開いて、男は芙貴子のパンティーを引きおろした。

抵抗は通ぜず、芙貴子は凌辱《りょうじょく》された。目的を遂げた男は立ち上がって、動かずにいる芙貴子を見おろした。

「また、あとでな」

男はニヤリとして、部屋を出ていった。

芙貴子は、逃げなければならなかった。急ぎ荷物をまとめると、芙貴子は盛岡ホテル東北をチェックアウトして、盛岡セントラル・ホテルへ移った。

風呂にはいり、時間をかけて下腹部にシャワーの湯を注いだが、そんなことで気持ちまでは晴れなかった。ショックが激しく、芙貴子の心の傷は癒《い》えなかった。

福岡へは、帰りたくなかった。何日かたたなければ、家族や知人と顔を合わせる気にもなれない。翌日、芙貴子は町へ出て護身用にと、洋包丁を買って来た。

その日はホテルの部屋で無為に過ごしたが、次の日になってレンタカーでドライブという気分転換を試みることにした。ところが、出発間際になって例の男が、どこからともなく現われた。

ずいぶん捜したぜと、男は強引に助手席へ乗り込んで来た。仕方なく車をスタートさせて、芙貴子は遠野市へ向かった。男がいくら話しかけてきても、遠野の愛宕神社につくまで芙貴子は無言の行《ぎょう》を続けた。

愛宕神社の裏山に登り、五百羅漢を見て歩いた。男も、ついて来ていた。また何かしようとしたら刺してやろうと、大型のバッグの中にある包丁を芙貴子は意識していた。

突き当たって戻ろうとしたとき、男が襲いかかって来た。男は一枚重ねの大岩石の裏へ、芙貴子を引きずり込んだ。芙貴子は、包丁を取り出した。

男の喉と腹に、切り傷を負わせた。腰を抜かして、男は倒れた。芙貴子は、包丁を男の胸に突き刺した。返り血は、まったく浴びていなかった。

包丁の柄《え》を、ハンカチでふいた。包丁は抜き取らずに、その場を逃げ出した。雨が降り始めた。大きな杉の木の下に立ったが、人が歩いて来たので幹の反対側に身を隠した。もうひとり、誰かが通りすぎていった。

雨が激しくなったので、二人の女はプレハブ小屋へ逃げ込んだようである。ここにいたのでは、かえって怪しまれるような気がしたので、芙貴子もプレハブ小屋へ走った。

「片山安次郎って人を殺したのは、あなただったの」

中林千都の顔からは、血の気が失せていた。

「仕方がなかったんです」

間のびした声で、森下芙貴子は言った。

「まったく……」

倉持ミユキが、腹立たしげに言葉を吐き出した。

「やっぱり、あなただけが人殺しってことになるんだわ」

中林千都は、焦点の定まらない目を天井へ向けた。

「四人の女が集まってあれこれと画策《かくさく》したけど、結局は成果ゼロに終わったってことじゃないの」

倉持ミユキは、ハッハッハと虚《うつ》ろに笑った。

不透明な計画は、不透明のうちに雲散霧消《うんさんむしょう》した。テーブルのうえに豪華に並べられただけで、食べないうちに料理は消えてしまった。霧の晩餐《ばんさん》であった。

奈良井律子は、窓の外を眺めた。県下一の都会にしては寂しい夜景に、霧がかかっていた。

（この作品『殺意の雨宿り』は、平成十年五月、
徳間書店より文庫版で刊行されたものです）

殺意の雨宿り

一〇〇字書評

切り取り線

購買動機（新聞、雑誌名を記入するか、あるいは○をつけてください）

□（　　　　　　　　　　）	の広告を見て
□（　　　　　　　　　　）	の書評を見て
□ 知人のすすめで	□ タイトルに惹かれて
□ カバーが良かったから	□ 内容が面白そうだから
□ 好きな作家だから	□ 好きな分野の本だから

・最近、最も感銘を受けた作品名をお書き下さい

・あなたのお好きな作家名をお書き下さい

・その他、ご要望がありましたらお書き下さい

住所	〒				
氏名		職業		年齢	
Eメール	※携帯には配信できません		新刊情報等のメール配信を 希望する・しない		

この本の感想を、編集部までお寄せいただけたらありがたく存じます。今後の企画の参考にさせていただきます。Eメールでも結構です。

いただいた「一〇〇字書評」は、新聞・雑誌等に紹介させていただくことがあります。その場合はお礼として特製図書カードを差し上げます。

前ページの原稿用紙に書評をお書きの上、切り取り、左記までお送り下さい。宛先の住所は不要です。

なお、ご記入いただいたお名前、ご住所等は、書評紹介の事前了解、謝礼のお届けのためだけに利用し、そのほかの目的のために利用することはありません。

〒一〇一－八七〇一
祥伝社文庫編集長　坂口芳和
電話　〇三（三二六五）二〇八〇

祥伝社ホームページの「ブックレビュー」からも、書き込めます。

www.shodensha.co.jp/bookreview

祥伝社文庫

殺意《さつい》の雨宿《あまやど》り

令和 元 年10月20日　初版第 1 刷発行

著　者　笹沢左保《ささざわさほ》

発行者　辻　浩明

発行所　祥伝社《しようでんしや》
東京都千代田区神田神保町 3-3
〒101-8701
電話　03（3265）2081（販売部）
電話　03（3265）2080（編集部）
電話　03（3265）3622（業務部）
www.shodensha.co.jp

印刷所　堀内印刷
製本所　ナショナル製本
カバーフォーマットデザイン　芥 陽子

Printed in Japan ©2019, Sahoko Sasazawa ISBN978-4-396-34569-3 C0193

〈祥伝社文庫　今月の新刊〉

長岡弘樹
時が見下ろす町
『教場』の著者が描く予測不能のラストとは。変わりゆく町が舞台の心温まるミステリー集。

草凪　優
ルーズソックスの憂鬱《ゆううつ》
官能ロマンの傑作誕生！　復讐の先にあった運命の女との史上最高のセックスを描く。

笹沢左保
殺意の雨宿り
四人の女の「交換殺人」。そこにあったのはたった一つの憎悪。予測不能の結末が待つ！

門田泰明
汝《きみ》よさらば（三）　浮世絵宗次日月抄
浮世絵宗次、敗れたり――上がる勝鬨の声。栄華と凋落を分かつのは、一瞬の太刀なり。

小杉健治
蜻蛉《かげろう》の理《ことわり》　風烈廻り与力・青柳剣一郎
罠と知りなお、探索を止めず！　凶賊捕縛に乗り出した剣一郎を、凄腕の刺客が襲う！

武内　涼
不死鬼《ふしき》　源平妖乱
平清盛が栄華を極める平安京に巣喰う、血を吸う鬼の群れ。源義経らは民のため鬼を狩る。

長谷川　卓
野伏間《のぶすま》の治助《じすけ》　北町奉行所捕物控
市中に溶け込む、老獪な賊一味を炙り出せ！　八方破れの同心と、偏屈な伊賀者が走る。

鳥羽　亮
迅雷《じんらい》　介錯人・父子斬日譚
頭を斬り割る残酷な秘剣――いかに破るか？　野晒唐十郎とその父は鍛錬と探索の末に……。

宮本昌孝
ふたり道三（上・中・下）
乱世の梟雄斎藤道三はふたりいた！　戦国時代の礎を築いた男を描く、壮大な大河巨編。

有馬美季子
はないちもんめ　梅酒の香《か》
誰にも心当たりのない味を再現できるか――囚われの青年が、ただ一つ欲したものとは？